IVAN GORAN KOVAČIĆ

Sedam zvonara majke Marije
i druge pripovijetke

Urednik
B. K. De Fabris

HRVATSKI KLASICI

SADRŽAJ

BOR NA SMETIŠTU

Minuli su božićni blagdani. U gospodskim palačama, uz ve-
liki prozor, još pada bujna jelina grana, a u njenom zelenilu,
kao baršunast leptirić u šumici, leluja se svileni anđelak.
I tako će biti, dok djeca hoće, djeca bogataša. Uz nisko deblo na svi-
jetlom parketu bleji bijelo janješce u pastirovim rukama, a u
stajici djetešce mazi svilenu i žutu slamu... Onda je skočio mali
bogatašev sinčić, opalio iz nove puške na anđela, pojeo bom-
bone, polupao kristalne nakite, zaklao janješce i — nestalo bora.

Tako je razmišljao mali Vlado gledajući, snužden, polom-
ljeni bor na gradskom smeću. Još je lepršao na jednoj svinutoj
grančici svileni anđelak, tek mu nestalo krilašca i stoga, mislio
je, ne može da poleti. Kako bi ga on samo čuvao! Zbilja, on ga
može slobodno, sasvim slobodno uzeti... Kleknuo je na zama-
zani snijeg, provukao se pod borovu granu i digao zamazani,
od zime crveni nosić do grančice. I već je tetošio malenog an-
đelka, gladeći mu rumene i hladne obraze ručicama... Kod kuće
imadu još bor, ne takav, već samo granu u čađavom kutu male-
ne izbice, ali je toplo u njoj, ne od peći, već od zadaha, bolesnih
zadaha...

Ali što je to? Malo da mu nisu suze poletjele na oči — na
grani njihalo se obješeno, kao razbojnik s užetom oko vrata, di-
jete iz svete stajice pod borom... Objesila ga bogataševa djeca!
Kako mu se to pričinjalo čudnim i užasnim — umjesto da ga
čuvaju i paze, oni su ga objesili kao zločinca...

Njegova sušičava baka leži već mnogo godina u krevetu, a
on stisnut uza zid sluša svake večeri uz hroptanje njezinih bo-
lesnih grudi divne i čarobne priče u kojima je saznao za anđele,
za maleno dijete u stajici — i za daleke šume pune snijega, pa-
tuljaka, kraljevna i groznih divljačkih vladara. O tom je najvo-
lio slušati. Dok se ugasila zagušljiva petrolejska svjetiljka, a
baka pipala zrnca krunice, sanjao je budan o divnoj i bijeloj
šumi. Tu je jedno golemo drvo, kome zaleđeno i ogrmno ko-
rijenje sakriva prekrasne hodnike i dvorane, gdje žive patuljci,
vile, zmajevi i junaci. U njima je tišina, tek negdje u najzadnjoj
i najljepšoj sobici bleji pastirovo jagnje. A na zlatnoj slami dj-
tešce — samo jedno ga smetalo, jedno, a to je bilo uže na nje-
žnom vratiću...

Te večeri nije mogao da zaspi. Tek je stisnuo sjenaste
vjeđe, već je začuo neskladno prhanje anđelka s polomljenim

kriocem... Onda je suh bakin kašalj prekinuo te njegove sanje i poplašio, prekinuo krilatanje...

Hladno mu se čeoce oznojio, grbio ga je i širio, ne bi li se nečemu dosjetio. Bojao se oca, matore pijanice. Sutra bi morao otići na smetište, ali boji se — nedjelja je, doći će otac pijan, razjaren i onda će psovati gospodu, baku, Boga, i možda će još zlostavljati majku kad se vrati umorna od pranja.

Da, nedjelja je za njega strašna — ali on će na smeće, mora! Pozvat će ložačeva Jožicu, pa će onamo zajedno. Na mozak sjela mu neka težina, i ne može oči raširiti, a u polusnu čuo je neskladno klepetanje, dok nije usnuo tvrdim snom.

Već je rano ujutro ustao. Otac se nije još povratio. Tiho se obukao i obuo poderane cipele. Ova lijeva dulja je, šuplja i tvrda kao kamen; natezao je debelu čarapu i omatao oko nje obojak. Tiho se provukao ispod klimava stola i šmugnuo dugim hodnikom u magleno dvorište. Kod ugla sreo se s Jožicom, mršavim dječakom koji je uvijek ratovao. Sve praskalice, žabice i samokresi, koje je Vlado dobivao, svršile bi u njegovim rukama. Najviše je uživao u pomorskom ratu. I igrao se sam. Vlado je tek slušao što govori i motrio što radi.

— Čuj, Jožica, idemo na smeće.

— Pošto?

— Znaš, našao sam anđela, dijete, i jedan bor iz grada, a još zelen. Pa bismo mogli potrgati zelene grančice.

— Pa što bismo s njima? — podigne Jožica nemirne oči i obriše rukavom nos.

— Ne pitaj me! Prodat ćemo i onda novac podijeliti. Ako hoćeš, pođi sa mnom. — Jožica ga začuđeno pogledao, slegnuo koščatim, uzdignutim ramenima i zakročio svojim tankim nožicama za Vladom.

Vraćali se u grad. Vlado je šutio, okruglo se lišce uozbiljilo. Jožica se čudio - još ga nije takova vidio. Samo šuti, griska tanke usnice i stišće uza se jelove grane. Zakrenuli su iza jednog ugla u glavnu ulicu i stali pred izloženim staklom jedne mesnice.

— Evo, Jožica, mesar treba grane u izlogu; vidiš li, kako se ova pod šunkom osušila?

I tu je do sada odlučni Vlado zakolebao. Gle, sunulo mu malenom glavicom, a tko će mu ponuditi?! Hoće li htjeti da kupi? Neće li ga otjerati? Problijedio, tanka se i prozirna kožica na čelu nabrala, a plave, svilene obrve skupile. U donju je punu usnicu zagrizao sitnim zubićima i pogledao Jožicu.

— Na, idi ti!

Jožica se ustručavao, ali zamamne Vladine riječi o žabi-
cama, praskavicama i samokresima na čepove osokolile ga.
Naglo se sagnuo i pograbio grančice iz Vladinih ruku. Potrčao
je u dućan. Za klupom sjedio je mesar, crven, pun, ali ne pre-
debeo. Jožica se prepao, drhtao je čitavim tijelom. Opajao ga
onako ustrašena divan miris osušene mesnate robe. Ali kad se
mesar nasmijao i upitao ga namignuvši lijevim okom:

— Kaj buš, mali, ha? — Jožica se odlučio, silom je rastavio
zgrčene čeljusti i izrekao u drhtavici:

— Pro-pro-sim, akko bi htjeli kupiti gran-č-ice?

— Kaj buš, vušivec, iskal za to?

— Deset dinara — izlane na dušak Jožica.

— Dam ti pet dinara, i da si to zmesta hitili!...

Mali se prepao i instinktivno spustio grančice. Pred očima
sinulo mu pet dinara i — žabice. Mesar se nasmijao, povukao
mu crvena uha ispod vunene kape i potresao ga za njih.

— Na, vušivec, tu imaš kobase i daj ih onom tvojem pajdašu.

Jožica se zacrvenio, primio novac i kobasu, pa šmugnuo
presretan kroz vrata na ulicu.

*

Četvrt sata kasnije odigrala se na nekoj periferijskoj ulici
pomorska bitka. U malenom kanalu punom vode pucale su
morske mine i topovi. Engleske i turske lađe stajale su jedne
prema drugima i rušile se, praskale, gorjele...

— Hura, napreeeed... — vikao je Jožica, a ozeble mu ručice
palile zadnju žabicu u jednoj velikoj papirnatoj lađi — engleske
države. Dok je na turskoj lađi planula vatra.

A Vlado? On je presretan motrio, kako djetešce ispod
gospodskog bora spava u novoj stajici uz malo janješce.

I dok je baka kašljucala u krevetu, jedući kobasicu, Vlado
je usnuo na podu i snivao plave sne, a otac mu u krčmi časo-
mice sladio svoj mučan život.

FARIZEJ

Mati je cijepala staru stolicu da njome naloži vatru, cijepala ju ravnodušno, kao što je ravnodušno prodavala komad po komad rublja, odjeće, posteljine i pribora. Sin je znao da to mati radi zbog njega, znao je da ga ona ne može vidjeti gdje dršće u sobi došavši iz škole i previja se od gladi na starom divanu. Ali njega je sve to boljelo, sva njihova bijeda, i u njemu se zametnu strašan bijes, a nije znao na kome bi ga iskalio, pa vidjevši mater, kako šutljivo cijepa, on osjeti mržnju spram nje i prosikta:

— Sve si ti kriva, ti i nitko drugi! Ti si kriva da mene zovu u školi lopovom i prevarantom i svinjom. Posudim knjigu da učim, a ti je odneseš prodati. Dovedem prijatelja i upoznam te s njegovom majkom, a ti posudiš od nje novce, koje nikada ne vratiš! Da, tako ti radiš. A gadom ne ostaješ ti nego ja, ja, razumiješ! Svi me isprijeka gledaju, svi me mrze i preziru, kao šugava psa! Zašto si me rodila...

I sin je, zelen od bijesa, nasrnuo na mater s mržnjom, s golemom mržnjom. On je znao da je mati prodala tuđu knjigu da on ne bude gladan. On je znao da je mati bila svjesna te njegove vike i napadaja kolega, ali ona je držala manje bolnim ovu viku nego onu, kada bi on došao kući iz škole, umoran i gladan, a ne bi imao što da založi. Jer mati je mislila i na njegovo zdravlje, koje se od briga stalo brzo narušavati, a pogotovo bi stradao, kada bar jednom na dan ne bi jeo.

— Meni je svega dosta! Ja ću se ustrijeliti, ustrijelit ću se pred tobom, gle, ovak pred tobom, da znaš kako te mrzim...

Odjednom zaori sobom glasni jecaj, grčeviti plač.

Tiha, mirna majka bacila se licem na divan i grcala.

Sin se ukoči i zagleda u sijedi majčinu kosu, koja podrhtavaše i blistaše, kao suzama orošena...

— Mama, mamica, oprosti mi. Ne ljuti se... Pa je na nju i zajedno s njome bolno, bolno zaridao.

*

No, čujte, kako to skandirate! — slušao je sutradan profesora iz latinskog, gdje opominje ispitanika — i razmišljao o tom, kako bi trebalo napisati jedno veliko djelo o njemu i o majci, jednu veliku optužbu. Nestao je razred u njegovoj svijesti, i on gledaše svoje lice u najborbenijim scenama, slušao je njegove plamene govore...

— No, neka iziđe naš literat! — trpko se oglasi profesor zastavši na njegovu imenu. On ga zvao literatom, jer je naslutio pred godinu dana u novelici svoga đaka, koja bijaše štampana u srednjoškolskom listu, sebe i svoje postupke.

— No, zar vam je pegaz oglušio?!

Netko ga gurne pod rebra i on se trgne iz sanjarija.

Izišao je van.

— Dakle, čitajte!

— Oho, a gdje vam knjiga?!

Đak obori glavu i stisne vilice.

— No, uzmite ovu i počnite novu strofu.

"Literat" zapne, osjeti da se prevario — i umukne.

— Hm, dobro. Kada ne znate praktički, znate sigurno teoretski. Jer bit će da nemate sluha, i to se događa... — primijeti profesor zlobno, pa ga stane ispitivati o stopama, o heksametrima, o strofama.

— Slušajte, recite mi glavne karakteristike alkejske strofe.

— Nooo?! — Onda, na primjer, kada vam to ne ide, okarakterizirajte mi Saphinu strofu.

Đak se smrknu, uporno šutljiv, i začuje svoga junaka, gdje govori, govori. Grmi! Onda mu padnu na um njegovi stihovi, te mu bude toplo u srcu od njihove bolne ljepote.

— No, to prevršuje sve! — prekinu ga u snatrenju profesorov uzvik. — Dragi moj, vi želite pjevati, vi želite pisati stihove, koje li drskosti, a ne znate i nemate smisla za temelje, za osnove poezije! Nemate pojma o građenju stiha, o stopi, o strofi. Ne shvaćate krasote Virgila i Horaca. Vi niste pjesnik, vi nećete biti književnik nikada — vi ste farizej! Farizej!

IZA UGLA

Iza ugla, tamo, gdje su tračnice pjevale o daljinama i sunčale se o podnevu kao dvije srebrne zmije, tamo iza ugla, za plotom tvornice, na zavoju ceste, smjestio se on. Tko? On, prosjak, Bože mili, ta tko bi to mogao drugi i da bude? Tko bi mogao iščekivati proljeće u blatnim jesenjim danima periferije, dok su se jadne potleušice šćućurile ko stare bolesne žene, dok su s večeri pokisli radnici nosili kući srca puna bolova i oči mutne od jesenjih kiša.

Tko bi izdržao u zimi tako zavodljivo bijeloj, a tako nemilosrdnoj prema jadnome periferijskom svijetu? Zimi, kada je vjetar kao za sprdnju zavijao njegov otrcani šešir vjezdastim srebrnjacima i peckao ga kao za uzvrat, dok bi odložio šešir sa golcate glave.

Tko bi izdržao na sumornoj ljetnoj žegi, kada se mozgovi upale i želuci življe zaištu od svojih vlasnika goriva materijala, kada on svira na svom jednoličnom instrumentu i tješi raspjevala crijeva srodnom svirkom kao djedo tepanjem zaplakano dijete.

Zar je itko, za bolesnih sutona, kada se klone i umire, mogao bolje ublažiti nepoznate rane i duboke bolove monotonom vrtnjom željezne ručice? Sve je to činio on, prosjak, tješitelj i spasitelj.

Sve je to on trpio. Ali bio je i nagrađivan. Kad bi koji prolaznik, spuštene glave, teških olovnih vjeđa i troma koraka, išao uz njega, zastao bi, prisluhnuo, okrenuo se i nadario ga kojim dinarom ili bi mu dobacio pogled u kom je plivao mir staložene, olakšane nutrine Pa koliki su tuda prolazili i koliki su od njih zastali da olakšaju preteško breme ranjava srca! A on je svirao neumorno, s čuvstvom kao da im sugerira duševno ozdravljenje.

Zar je on tražio plaću? Nije, ta on je uživao, kad bi mu tko dobacio zahvalni pogled; time se zadovoljio. Njegov je stari instrumenat pio do besvijesti tuđe bolove i nosio ih u onoj gruboj škrinjici kao nešto škodljivo, opasno i neprijateljsko. On ih je uništavao.

Tako je bilo kroz godine. Uvijek u predgrađu. Zašto je tu, čemu, da li mu se isplati, da li može životariti, to su pitanja bez odgovora.

Jer bi se mogao naći čovjek da ga upita, zašto ne zasvira gospodi, zašto ne zavergla pod njihovim oknom; ta oni su bogatiji, imućniji, i mogu ga stoga bolje nagraditi.

Ali blistave ulice nisu ga privlačile, gospoda su nervozna, profinjena drugom, ljepšom, uzvišenijom glazbom, koju on nije shvaćao. Njegovo bi glazbalo deralo njihove živce, palilo bijesnom komplicirane mozgove. Oni ne razumiju njegovu pjesmu, njegovu bol, kao protulijek one duboke, beznadne periferijske boli.

Eto, to je razlog, što neprestano navija i stoji za plotom, na zavoju, blag, miran i tih, svjestan svoje snage i dužnosti.

Pali ljeto gole ulice, boluju jesenji dani ko trudne žene, zebu podmukle zime ko zmije hladne, zlobne, duge i otrovne.

A onda dolazi mlada djevojka, mirisava, divna; prozirna ko ledac, nježna ko maćuhica, meka ko svila, tiha ko radost, blaga ko maglica, mirisna ko cvijet — proljetna dob.

Ona cjeliva rane, ona, blaga Samaritanka, tješi, ublažuje, liječi i miri. Ona puni prazno srce nadom, utjehom, srećom, da mu bude kao pričuvna hrana za dane borbe, za godišta nesklona siromašnim, potištenim, popljuvanim ljudima.

Ona daje cvijet bez ploda, jer tamo, gdje oni žive i pate, plodova nema, oni se tek iščekuju, vječno iščekuju.

Tada on ne svira, ne dosađuje, jer se priroda pobrinula za utjehu, jer mirisne večeri ne pobuđuju samrtni sumor, jer proljetne kiše ne vuku dušu čovječju do kaljavih ulica; one su tako meke, nježne, blage i tihe kao balzam spuštan na rane koje zacjeljuju.

I drva u zagrađenim dvorištima ne sliče više bolesnim kuljavim ženama, jer kliču od mladosti, kade nebesa i sliče radostima mladog, sretnog proljeća.

A njega vuku srebrne zmije, što poju daljine, vuku ga tamo negdje u drugi kraj svijeta, gdje ima još tuge, gdje treba utjehe, jer tamo nema proljeća.

Tako je sanjario za blagih proljetnih noći, pod otvorenim krovom osamljene kućice, uz kreketanje žaba u okolici.

— Našao se besposlen. Zar je mogao kvariti sretne osjećaje izliječenih ljudi i sjećati ih bolesnih dana? Zar je mogao svirati tako dugo, dok im ne dosadi, dok ih ne razjari i ne sjeti da je potreban života, zahvalnosti, kruha; da, kruha!

Ne, on to nije htio. Trpio je, gutao i čekao svoje proljeće kad drugima život dosađivao.

Ali ovoga se proljeća on drugačije osjećao. Čudno — čudno, ali istinito; sasvim drugačije.

On je želio rada, istinskog rada. A zašto? Čemu? Što ga je potaklo, što razuvjerilo da je ovakav način života parazitski, nečovječan, nedostojan i vrijedan prijekora? Zar moguće stoga, što je radije gladovao, nego se držao one, za njega glupe rečenice: Pokucaj i otvorit će ti se!

Ne, ne, bilo je nešto sasma drugo, nešto što je poništilo njegovo dosadanje vjerovanje, mišljenje i poštivanje samoga sebe, kad je smatrao da je prijeko potreban ljudskom društvu.

On je mrzio svoje prvošnje naziranje, on ga je osuđivao, proklinjao, mrzio duboko i iskreno.

Svi su ga u predgrađu poštivali kao dobričinu, spasitelja, a on je, siromah, sasma zaboravio da je obični prosjak, prosti parazitski prosjak. Da pije krv, zaslužbu, novac blijedih, izmučenih radnika, a sve na račun svoje neke umišljene i utjelovljene potrebe da živi za njih, za njihove bolove.

Tek je sada uvidio da živi na račun svoje nestale desne noge u bogzna kojem rovu. On je, jadnik, mislio da se ljudi tješe njegovim glazbalom, da mu zahvaljuju pogledima i novcem, što je otjerao duboke patnje, a on se njima, on, prosjak, ražalio — on, invalid! Moguće su pomišljali: pa ipak još nismo tako duboko pali, još imamo zdrave udove, zdravlje, život, pa su postali vedriji. To ga je boljelo. On je živio na račun propalih udova!

— Sjetio se zdravlja, mladosti. Buknuo je rat. Vagoni natrpani, pjesme, vino, suze, pozdravi. Tuđi krajevi. Rovovi. Borbe. Juriši, bombe, topovi, granate i njegova nesreća. Lazaret. Krika, vika, uzdasi, mrmljanje i životinjski krikovi poludjelih. Krv. Prvi puta na štakama. Drvena noga. Prazan rukav. Novi verglec. Lutanja. Stradanja. Predgrađe. Prosjak.

... I jednoga dana u proljeće pokušao je da nešto zaradi. Prosto zaradi, jer u proljeće nije osjećao onog svetog čuvsta.

Vidio ga iz daljine. Pa sve bliže i bliže. Vedar, veseo, a sav rastrgan, osakaćen, polomljen.

Onda se upiljile u nj zelene oči i ubo ga tih, trpak, miran i otrovni glas:

— Druže, kako poslovi, a...?

A on je šutio, gledao je njegovu štaku, izrezano lice i svo ispremijano, polomljeno i zgrčeno tijelo. Ali on je osjećao da iz tog tijela struji život, prijekor, molba.

— Rat, je li? Da, da, znao sam, ono životinjsko klanje, ona stoglava zvijer ljudske pohlepe, zlobe i zavisti. He, he, pravo se kaže: Tukli se čobani preko magarećih leđa... I ja sam od onih jadnika, što bih trebao gacati dalekim svijetom, bez kuće i kućišta. I ja sam od onih koji su došli olakšani za polovinu tijela, koji su našli garište, smrt, tugu i pustoš u rođenoj kolibici... Ja sam od onih, što putuju s danima u nepovrat, što udišu težak tvornički zrak, što se znoje izmučeni; tek ja, bijednik, služim se polovicom tijela, udova, života...

Malo je zastao, a glas mu postao niži. Kao da je vjetar zaurlao negdje preko garišta pustog mu doma. Kao da je duga cijev topa pljunula metak u gungulu i onda tužno prsla u komadiće.

— Ja sam ti, brate, Milićev Đuro iz Lovnika — izbaci s uzdahom.

— Đuro, Đuro... — razmahao se prosjak — to si ti, Milićev Đuro, Marin muž. Ivičin otac. Je li istina? Bog te očuvao, pomilovao, posvetio. Ti si to, ti, Đuro, Đuro Milićev!

Htio je dalje, htio je da se začudi, kuda je nestala njegova mladost, snaga, kakove se nadaleko ne nalazi — ali je razumio njegov pogled.

— Ja sam Milan, zar me ne znaš? Milan Bokić, tamo iz Lisine. Zar se ne sjećaš kad smo ganjali plašljivog Talijana, ležali u rovovima i onda se rastali. Ti si, čini mi se, otišao s dvadesetitrećom na rusku frontu.

— Sve, sve je tako, i ja sam te odmah prepoznao. Ta kako i ne bih druga iz djetinjstva, kad smo goli golcati čeprkali u seoskoj bari, a ja sam te jednom iščupao iz blata, dok si se utapao. Ta mi smo vršnjaci!

Milan je šutio i postiđen motrio svoj instrumenat i bojao se, neće li Đuro izreći onu kobnu, mrsku mu riječ: — A ti prosjak, a...?

No, Đuro je šutio, nešto mu zveknulo u ruci i kapnulo Milanu u šešir kao u dol pun bola i praznine. Kao da ga onako hladnog i zveketljivog stavio u njegovo srce, prazno i rascviljeno.

Zatim se bez riječi, tek nešto, možda, više tužan, prignutiji i očajniji, udaljio.

... Mjesec je krvario i cerio se ko ranjenik sred bojišta. Bezdana je tišina šutila u tamnim ulicama, samo je katkada prekidalo zavijanje, režanje i štektanje pasa iz ograđenih dvorišta. Za uglom čulo se nejednako udaranje drva i škripa proteze. Sjena se produlji i pobjegne duž puta, te se opet stane vraćati natrag, a Milan odhramlje zamišljen i pogrbljen u crno zjalo uske uličice. Vraćao se kao obično na svoje ležište pod krov osamljene kućice, gdje se čuje kreketanje žaba i sanjivo zrikanje livada.

Još nije nikada prošao tako polako, tako poguren, očajan i žalostan. Što li se zbivalo u njegovoj ranjenoj duši. Sve se srozalo ko kula od karata, i on nije nalazio više svrhe svoga života. Boljela ga ona beskrajna laž, ona samozataja za koju je moguće i prije znao, ali je blažio, prikrivao, sakrivao kao zmija noge. Njegovo je srce udaralo u praznim, bešćutnim, ojađenim i ranjenim grudima. Došuljao se do ležaja, svalio nemoćno na oštar miris stara sijena i nastojao misliti. Glava mu gorjela, a tijelom mu strujala ugodna umornost.

... Đuro, sakat, polomljen. Zveket novca, koji ga ranio duboko u srce, u srce...

Milan je jauknuo tiho, bezglasno; krik je prohujao njegovim bićem i on je ustao bijesan, razjaren. Proteza je škripala kruto, resko, a nagli su udarci drva muklo odzvanjali ulicom. Milan je jurio zaparen, uznojen i razjaren ko zvijer, ranjena smrtno i beznadno. O leđa mu udarala škrinja, instumenat i kao kosti škripala i jecala beskrajno. Milan je stigao do ugla, napetih živaca do klonuća, a srce mu udaralo i gorjelo u glavi. Skinuo je naglo škrinju, digao je do mjeseca, koji se cerio i krvario, pa je bacio snažno o plot. Mukli udarac, i utroba se škrinje zveketljivo prospe po travi i putu. Neko je vrijeme stajao nepomično, šutljiv i nijem kao kamen, a onda se maknuo, prislonio leđima o plot, zagledao se u velik, krvav mjesec i zaplakao kao dijete...

Milan je sve razumio.

Nitko ga nije viđao sve od onog dana, kad se sa "šepavim Đurom" sastao. I opet su krikovi sirena za jesenjih dana sličili glasnicima smrti, opet su srca boljela, kuće bile slične kuljavim periferijskim ženama i stisle se na jesenjoj kiši. Opet su sumorni radnici gacali blatnjavom cestom.

Ali prosjaka nije bilo. Uz plot, u blatu i u kržljavoj travi, virili su komadići razbijena vergla i polupane škrinjice.

— Marko — reče drug drugu, prolazeći — znaš li, šta je s Đurom i našim verglašem?

— A što? — upita radnik sa zanimanjem.

— Vidio sam ih, gdje koračaju, jedan na drugog naslonjeni, na protivnoj strani grada, a čine ti se, bože mili, ko da su srašteni.

— Pa, što rade?

— Nose u tvornici sapuna robu na stovarište. Žive zajedno, stanuju, jedu i tuguju nad životom. Ali sretniji su, mnogo sretniji...

— Gle, gle — izlane drugi i produlji iza ugla. A ulica je opet tiha, žalosna, no prosjaka nema i čitavo već predgrađe znade, što je s njim. A to ih i najviše sokoli da ne obole.

— Tamo, gdje tračnice pjevaju o daljinama, a nebo visi ko dojka puna mutnih kiša, jedno je prazno mjesto...

KONAK

Oštra je zimska noć. Na nebu titraju zvijezde, a mjesec plovi kao lađa među njima. Na seoskoj cesti miču se volovi s vozom, sanjke škripe po tvrdom snijegu.

— Stiš, Peran, na... — viče Mato, a na dugačke brke ispod pocrvenjela od zime nosa nahvatalo se kristalno inje.

Uz cestu seoska kućica, sve spava. Mato stane pred kućom, popne se po stepenicama do vrata i vikne:

— Oj, Joso, otvaraj.

Sve šuti. Opet će Mato:

— Ej, otvaraj, Josipe, da volove spremim u staju, daleko mi je do kuće.

Ne da se Josi ustati, zima je, a krevet topal.

— Čuj, Joso, ako ne otvoriš, vidjet ćeš, šta ću učiniti.

Poboja se Joso, pa pomisli:

— Znao bi mi lopov kuću zapaliti! — i ustane.

Kada su volove spremili i Mato skidao zamrznute odbojke, upita ga Joso:

— A što bi ti, Mate, učinio, da te nisam pustio u kuću?

Mato se nasmije, pa će veselo:

— Ma što bih, po Bogu brate, učinio; udario bih Lisu i Perana da idem dalje konak tražiti!...

MLINARI

I.

Dolje duboko iz mračne i hladne kotline čuje se šum slapa, katkada kao jauk bolesnika, a kada užareno sunce rastjera sivu i hladnu pučinu sumraka, čuje se šum kao vječan smijeh bogova. Do mlina vodi put strm, kao isklesan u kamenu, kroz šumu bukava, koje su kao grbave, iznemogle starice nagnule svoje guste krošnje nad puteljak i prave s njima kao neki hodnik u kojem stalno leži siv, gnjecav sumrak i ugodna hladovina sparnih ljetnih dana. Tu vlada mrtva tišina. Samo odmnijevaju izdaleka udarci slapa o kamenje i lopatice mlinskih kola, a daleko u šumi ključe žuna po deblima i kuka kukavica.

Kroz krošnje bukava ljeska se suncu Kupa kao rastaljeno srebro, a mirni zavoji crne se među visokim, strmim i pošumljenim koritom kao da su iz ocjeli.

Uz samu obalu poleglo se par kućica pokrivenih slamom, a nedaleko od njih žute se zelene i crvene pačetvorine, četvorine i trokuti zasijanih protegnutih njiva.

Mlin je bio star, trošan, više sličan kakvoj prastaroj kuli u kojoj stanuju noćne ptice, a pet je velikih krezubih mlinskih kola drijemalo vrh vode, i samo je trebalo drvom podići zapor da se voda napusti, kolo pokrene i mlinski kamen zavrti uz buku i štropot...

Tu žive od starine mlinari Despoti, nekada jedna porodica, jedna kuća i jedan gospodar. Toga se oni već i ne sjećaju. Tek starci spominju, kako je prije bilo i kako su njihovi djedovi pričali. A kada se djeca razmnožila, tražio svaki od njih svoj kamen, svoju njivu i ognjište. Zadruga se rastepla.

Tako je već od starine. Pet je sinova Despota razdijelilo među sobom mlin i gospodarstvo. Ali ni ta dioba nije ih smetala da živu kroz stoljeća u slozi i miru. Voljeli su se i dalje kao braća, a to bratstvo i ta sloga širila se i nasljeđivala od koljena na koljeno, od djedova na unuke.

Danas je drugačije. Te se rodbinske veze stale prekidati, momci se stali ženiti iz okolnih sela oko riječne kotline, a djevojke se udavale i udaljivale od otaca i matera. Snahe se počele svađati i mrziti među sobom, i tako je od mirnog i sretnog kućišta postalo seoce mržnje i grijeha.

Starci su kimali s negodovanjem svojim bijelim glavama i sastali se često da makar kako izmire zavađenu djecu i povrate

staru slogu i ljubav. Djeca su stala grditi svoje roditelje i dje-
dove da šuruju s neprijateljima kuće. Starci su bespomoćno
šutjeli, i bijeli od brašna vrzli se po mlinu, dizali zapor, sipali
žito i punili vreće.

Seoce je bilo bogato. Mjerica do mjerice brašna punila je
njihove smočnice. Sva su okolna sela već od pamtivijeka dono-
sila pšenicu, ječam, heljdu i kukuruz u mlin. Drugih mlinara nije
bilo.

— Uzoholili se! — viknuo bi starac mlinar Matija, ustre-
mivši pogled u pod. — Imaju kruha, pa još izjedaju jedni druge,
još nisu siti! Pa čemu onda kruh?! On je dar Božji, Tijelo Nje-
govo, a oni ga oskvrnjuju. Svetogrđe. Prokletstvo!... — gunđao
je bez prekida.

— Šuti, šuti, Mate, kaznit će njih Bog! On nikom dužan ne
ostaje! — šapne stari Petar Despot iz vratnica mlina, a Matija
podigne zapor, i voda bijesno poteče niz žlijeb u lopatice mlin-
skog kola.

Buka i štropot mlinskih kamenova zagluše njihov razgovor.

II.

U okolnim selima zavlada očaj. Nekoliko zadnjih godina
uništiše sav živež, izjedoše sve novce. Jedna je godina gora od
druge. Ljeti suša kakove svijet ne pamti, a zimi snijeg zatrpao
kuće i putove da ne možeš iz kuće. Sve puca od studeni. Jeseni
mokre, kišne, kao da dolazi potop. Sve će da sagnjije. S proljeća
mraz, a kasnije kiša, kiša i opet kiša.

Ova je godina najstrašnija. Proljeće je podalo nade bije-
dnim ljudima, toplo je sunce već rano probilo svu svoju toplinu,
pa ljudi stali i ono malo krumpira i žita, što ga nisu pojeli i što
su za sjeme sačuvali, saditi, njive orati, gnoj navoziti.

Ali dojurilo strahovito ljeto. Ono je, ko vjetar umornom
pauku, koji se namučio gradnjom mreže, pa da sada uživa, po-
kidao sve niti koje su mrežu držale, i sve su nade iščezle
netragom. Sve je pošlo rakovim tragom!

— Sodoma i Gomora! — krstio se neki starac pred mlinom,
a na leđima mu malena vrećica brašna da je upravo smiješno
pogledati.

Nebo je kao razbijeljena mjed, nisko i vrelo. Sunce se usijalo
kao žeravica, i peče, peče, kao da ga tko pritisnuo na kožu,
glavu i leđa. Košenice su puste, trava je blijeda, izgorjela, i runi
se i puca sama od sebe. Izvori presušili, blago će da skapava od

žeđe. Kukuruz pobijelio i zakržljao, pa onako slab i blijed izbacio se i stao venuti. Sve će da se užge. Nebo se ovjesilo maćuhinski na zemlju i pretvorilo se čitavo u žarko, blijedo i sušno sunce.

Vinogradi, jedina još nada, stali venuti, grožđe se počelo sušiti i otpadati, a bolesti ga spopale ko muhe strvinu, i ne pomaže mu ni galica ni sumpor.

— Grijeh, grijeh, naš preveliki grijeh... — jecao je starčić, prignuo lice na grudi i stao se bogobojazno tući šakom o prsa.

— Imaš pravo! — doda Matija. — Kako neće? Svijet ne vjeruje, psuje da je strahota. Mladi stare ne poštuju. Crkva je prazna. Eto, kreću svake nedjelje procesije na njive, u šume, pa sve do nas, ali uzalud. Kako i neće?! Antikrist je zaveo vjernike, potari ga križ božji! Svijet se mrzi i tuži. Mržnja vlada umjesto ljubavi.

— Oh... Oh... Oh!... — začudio se starac, zanjihao se do pojasa i u čudu zavrtio glavom. Pogledao je zapaljeno nebo, udahnuo vrelim zrakom zapah vode, sijena, ribe i gnojnica.

— Bog... Bog... — šapne kroz suho grlo i stane se penjati strmim, kamenim puteljkom na brijeg.

I u mlinarskom seocu nije bolje. Od njiva nema nade. Ljudi ne idu u mlin, jer nemaju što donositi. Onaj koji ima blago, zakolje tele, kravu, i ovcu, i proda jedan drugom, na vjeru, u zamjenu, već kako može, samo da se meso ne usmrdi.

Kud će s blagom na zimu! Sijena nema, vode nema, zobi nema. Ništa, ništa doli suše i sunca, i upaljenog, razbijeljenog neba.

... Golemi jadi stali još više ljude rastavljati. Kad bi koji seljak iz okolnih sela donio koju vrećicu žita u mlin, svi bi se strčali i stali otimati jadniku žito s glave, pa ne zna sam kuda će s njime.

— Lakomice, lakomice, prokletnici!... — čulo se s jedne strane suho i piskutljivo grlo bijesne žene.

— Hajduci, lopovi, Antikristi!... — vikala je druga i razmahivala se s praga kuće metlom po uzduhu.

— Najedite se, Bog da prosti! — jecala je jedna trudna žena ispred kuće, a suze joj curile od jeda i grižnje na pregaču.

Starci se skupili, prignuli glave, rastrčali se po mlinu, krstili se i ustremili, očajnički blijedi, staračke oči u strop mlina, u daske, u pukotine i kroz njih u nebo vrelo, suho i blijedo.

— Jao, jao!.. jeste li čuli, Frane, Jože, Mate? — zaintači Petar.

— Zlo, golemo zlo! Mjesto da se pokorimo i pokajemo, a mi ovako! Grijeh, grijeh. Eto, što dočekasmo pod starost...

19

Pa se stali opet svi vrtjeti oko mlina, makar i bez potrebe. Vadili kola iz stroja, mazali ih mašću, štikali. Klepali kamen, mijenjali lopatice kolu, dizali i spuštali zastoj, kao da se igraju i tetoše mlin, što je dočekao...

III.

Ogroman se mjesec digao na zeleno, pusto i mrtvo nebo. Površinom se riječnom širio topal miris smolavih hvoja, a zvijezde se ko dječje oči smješkale i zrcalile. Ulično se put slabo svjetlucao, kao da se fino, sanjivo smješka. Slap je šumio čudnije, sablasnije i nepovjerljivo iz time. Vršci su drveća grozno šumjeli. Bijeli se kamen ogledavao u staklenoj i crnoj površini, kao da bijela, prignuta žena prebire nepomično zrnje svoje krunice, zvijezde u dubljini rijeke — i šapuće sablasne, grozne molitve sa šumom slapa i ledenim šaptom hvoja.

Na mirnoj metalnoj površini zastoja pljusne voda, strugne veslo o dasku, i čamac izleti iz tame, a ogroman ga mjesec zalije mlijekom. Tiho udari o kamenje slapa, jedna se mala sjena nagne, izvadi vrše i oprezno ih spusti u vodu. Čamac se tiho okrene, bljesne na mjesečini, i crni ga mrak vrh zastoja pokrije.

... Svjetlo je jutarnjeg sunca plivalo na površini rijeke. Kod zastoja zazveči lanac i padne na dno čamca, veslo strugne i pljusne vrh vode. Čun je plovio do slapa. Mali Žarko i Bogdan zastali su nepomično i oprezno se približili vršama. Jedan podigne mreže, drugi turne ruku... i par velikih riba stade se koprcati po dnu čamca.

— Vidi, vidi!... Petrovi kopilani, hajdučine, kriomice hvataju ribe. Ej! Ljudi, ovamo!... — zazove žena mladog Frana. Brzo čučne, uhvati šakom kamen i baci se do čamca. Dijete vrisne, padne na dno, a drugo se stane prestrašeno derati i zvati roditelje.

Petrov sin Ivan, visok i jak muž, pojuri niz kamene stepenice do obale. Oči mu se zažare ko žeravice, šaka mu se skvrči od grča, i jednim zamahom čake obori Danu. Žena krikne, i krv je oblije po licu. Ivan skoči u rijeku, zapliva do čamca i podigne Bogdana, koji je ležao bez svijesti. Polije ga vodom, otare rukom i posjedne ga kraj sebe na sjedalo.

Na obali nastane graja; skupili se mlinari i stali dozivati ženu k svijesti. Muž njezin Antun i sin Jožin stajali su nepomično i čekali.

Čamac lupi o obalu, Ivan iznese djecu i zgrabi ih za ruke. Joža i Mirko stajali su ko ukopani, kao da su htjeli nešto izreći, a nisu smogli glasa.

— Oni se Ivana boje, budale i kukavice! — reče mati Dani u uho. Ova se naglo osovi, raširi ruke, raskrene usta i kao luđakinja vikne kreštavo:

— Sudu, sudu... vidjet ćemo, tko ima pravo!

Joža se i Mirko pokunje i lagano krenu kući. Slap je šumio kao da se podrugljivo smije, a iz kuće čule se pogrde Danine nad mužem.

Stari su Petar i Matija jadovali i klimali nevoljko glavama:

— Zlo je, zlo, Mate! — krv nije voda...

— Žalost! — odgovori Matija i zašuti.

IV.

Grozne su vijesti ustrašile ljude. Novine javljaju: U Engleskoj i Americi vlada strahovita vrućina. Svijet umire po poljima i na putu. Hiljade ljudi stradavaju od sunčanice; blago skapava od žeđe i gladi... U Americi gore silne površine prerija i savana, a strašni elemenat ne prijeti samo farmama, već i gradovima.

Seljaci se stali plašiti vatre, a naročito novih vijesti naših novina, koje javljaju o groznom gradu, koji je potukao žetvu, i o vihoru u Hrvatskom Zagorju.

Pandur je čitao u nedjelju poslije mise, na zidu kraj crkve, nalog općinara da seljaci paze na djecu, kad idu na pašu da ne bi nosila sa sobom žigice. Jer, čitao je dalje pandur, rastavljajući riječi na slogove, u najnovije vrijeme gore košenice i stelnici u našoj općini, a i sela, koja ponajčešće nisu ni osigurana!

— To je u vašem vlastitom interesu! — završi pandur obavijest i skoči sa zida.

Ljudi su međusobno mrmljali, i na svačijem licu mogao si čitati brigu i strah.

— Treba paziti! Da nam izgori mlin, kuda ćemo? — zapita s užasom Jože drugare, pa se lagano nagne, oprezno ogleda i tiše kroz stisnute zube nastavi:

— Danas je, Mate, tvoj Antun začudo došao k nama i razgovarao se s mojim Mirkom i Danom u komori pokraj moje sobe o Vranićevima iz Gornjih Sela, koji su, kako zna čitavo selo, sami zapalili svoje kuće i dobili osigurninu. On im je nešto predlagao, a oni su pristali, samo su dodali da je Ivan Petrov čvrsta karaktera kao i otac mu, i s njim će biti teško. Još je naglasio da je selo po strani, a sa starcima je lako...

— Palikuće!... — rikne bijesno Petar, a žile mu po čelu iskoče i nabreknu.

— Sudnji dan. Sudnji dan... Grijeh! Antikrist!... — jaukne tiho Matija i pobožno se prekrsti.

... Tiho se prišuljala noć. Vladao je dubok muk neba, kao da je i priroda drhtala u strahovitoj slutnji i mramorkom šutjela. Slap tiše šumi kao da se suzdržava, kao da ga neka ruka, meka i baršunasta, dočekuje na dlanu šake.

Mladići, snahe i djeca otišli su, kao da su se dogovorili, iz sela, jedni roditeljima, drugi svekru, treći djedu. Samo su starci ostali u kućama i u strahu slušali tišinu. Ona im se pričinjala groznom.

Stari Petar zamišljeno i starački ušetao se po sobi. Svjetiljka je žmirkala, prolijevala žuto, mrtvačko svjetlo i noćni su leptirići, "vještice", glupo udarali o staklo. Njegova se velika sjena micala po bijelim stijenama, sad je bivala kraća, sad dulja, sad je dopirala do svoda i sablasno se prelamala. Netko je blijedim očima zavirivao u prozore. Petar dopre u tišini svojih koraka do veže. Nebo je zeleno, zeleno, a vrh crnih vršaka drveća lebdi obrnut lik mlađaka. Tišina kao u sobi. Iz daljine čulo se suho pucketanje i šum, kao da dolazi kakova strašna zvijer. Petar se zgrozi i strese. Tiho se vrati u sobu, prigasi svjetlo i prisloni vruće staračko čelo na jastuk.

Pričinilo mu se da čuje iz daljine doziv, krik, plač, što li...?

Brzo skoči, zalupi vratima i jurne kroz tamu.

— Mate! Petre! Jože!... — vikao je plačljiv glas iz tmine.

— Vatra! Umol gori!...

Petra nešto stegne u grlu, pogled mu se ukoči, on uši napnu, i udovi odrvene. Hoće da potrči, a ne može. Hoće da krikne, a glas mu zataji... Kroz crnu mrenu noći vidio je, daleko gore u strmcu Umola, visok plamen, i bijel se oblak dima digao u zelenu kuplu neba. Plamen se spuštao sve niže i niže po lišću. Čulo se pucketanje i šum vatre. Negdje na vrhu Umola srušila se visoka goruća bukva, a stup ognja i iskara lizne u nebo. Meke su i sitne pahuljice pepela letjele kroz tminu i padale po selu. Petar nije mogao da misli. Brzo pojuri do dozivača. Bio je njegov sin Ivan.

— Oče! — vikne iznemoglo. — Blago iz staja! Vatra dolazi iz stelnika Kravljače. Nedjelja je, ljudi nema. Niko nije slutio...

Petar se okrene i potrči kući uz viku i dozivanje. Sanjivo i blago tužno mukalo i glupo stajalo po njivama. Dotrče Joža i

Matija. Franina je kuća bila šumi najbliže. Iz nje lizne plamen, a Frane očajno vikne za pomoć. Oni pojure do kuće, istjeraju blago, izvuku nešto pokućtva — i u času je zgrada planula. Pod krovom se upalilo spremljeno sijeno, i gust se dim motao po zraku, od vrućine pucale su i padale daske, a upaljene su slamke lebdjele vrh sela. Odmah se uhvati štagalj, pa do njega Matina kuća, a s druge strane došla je vatra do Petrova sjenika i kuće. U času je selo planulo. Gust dim i velika vrućina nisu im dali disati, a znoj je curkom tekao po tijelu. Goveda su uplašeno bježala po strništu. Negdje su zaboravili pustiti svinje, pa su krulile i udarale bjesomučno i jezovito u kocu.

— Do mlina! — vikne Petar i pojuri sa starcima kroz dim. Krpe su njihova odijela lepršale u bijegu kao žalobne zastavice. Ivan je otišao u susret muževima i ženama da im javi nesreću.

Plamen je lizao stijene mlina. Suhe, prastare, stoljetne daske hvatala se kao slama i gorjele. Jadni su starci pojurili u mlin, stali rušiti goruće stijene, micati škrinje, dizati mlinsko kamenje i lijevke uvis.

Krov im je gorio nad glavom, oni to nisu opazili: jedno im je lebdjelo pred očima, vrzlo se u glavi, da spasu mlin, " naš krušac", kako su ga od milja zvali. Petar se popeo na gredu, ali mu se noga omakne, i on padne kao vreća iz visine na tvrdu i nabijenu zemlju. Drugovi se slete. Matija ga iznesao iz mlina, a Joža i Fran stajali su na gredama i vukli teško kamenje pod rožnike.

Matija je bio čas kod Petra, ali opazi, kako se krov razgorio i da prijeti opasnost. Bilo je prekasno. Upravo je viknuo iz vratnica u zadimljeni prostor, kadli prsnu grede, i čitav se gorući krov strovali u unutrašnjost...

Čula se kratka vika i jauk, pa opet sve utihne. Tek su sablasno pucale daske, vatra šumjela, i širio se zapah.

Matija je slijepo jurnuo u vatru, i stao dizati goruće grede i daske. Dim je stao u grlu, a suze mu iskočiše na oči. Topio se od vrućine. Htio je van, a nije znao kuda. Htio je da uhvati zraka, ali mu gust dim ude u pluća i stao ga daviti. Pipao je po zidu, spotakao se o gorući kup drvlja i pao bez svijesti uz vatru.

... Petar je lagano otvorio oči. Rijeka se bijelila poput mlijeka od dima, sive su mu pahuljice padale po licu. Nad njega se nagnuo Ivan. Muškarci, žene i djeca gledali su u vatru, mirni ko kipovi, bešćutni i tihi.

— Matija se zadušio! — dahne Ivan, i suze smoče starčeve obraze. On pogleda sina, otvori usta i digne ruku, kao da će mu nešto reći, ali se tek blago nasmije i padne nauznak o tle.

V.

Selo je bilo dobro osigurano. Na garište, koje se crnilo kao otvorena raka i gdje se širio zapah ugljena i paljevine, dođe komisija. Sve je izgorjelo. Ustanove uzrok i štetu od vatre, te požrtvovnost, kojom su jadnici oganj sprečavali. Četvorica su životom postradala. Pastiri, igrajući se, upalili su stelnik na vrhu Umola, a od njega primila se šuma, pa selo.

O podne navukli se na nebo teški željezni oblaci, a jugo je tulilo žalosno garištem kao na sprovodu.

Blijedo je svjetlo plaho probilo iza oblaka kao posmijeh bolesnika na umoru...

VI.

Pogorelci su pravili nove kuće. Mlina nisu više gradili. Gore u jednom od okolnih sela soptao je stroj mlina i pilane.

Negdašnje se mlinarsko seoce stalo baviti ratarstvom. S mlinarima je i slap zašutio. Zidari su kamenje upotrebili za gradnju kuća.

— Bilo je dobro osigurano! — šapne povjerljivo jedan seljak iz okolice. — Isplatilo se.

A četiri se groba na župnom groblju crnila kao kletve...

MRAK NA SVIJETLIM STAZAMA

Jačica Šafran čobanovao selu do starosti, bez drenovače u šaci, bez roga u ustima, bez riječi pogrdne:

— Što će batinica, što će šipčica volićima, što će kravici krotkoj? A rog plaši ptičice u šumici i ušutkava ih. I magarčić stidno obara uške pred gnusnom riječi.

Iz njegovih su ruku, pitomo kao golubi, lizali sô najpakosniji bodači volovi; na njegov poziv pristupale bi mu najupornije junice, i najjogunastiji teoci turali bi glavu u njegovu pastirsku prtenjaču. Na polasku iz sela i za lučenja obređalo bi se kod njega čitavo stado na solilo.

Malena tijela, kudrave duge kose i okrugle mahovinaste brade, sličio je grmičku koji se podigao iz čučnja i gegavo pošao. Ali grmičku koji je gdjegdje bjelkasto procvjetao.

Čitavo ljeto plandovao bi visoko u košenicama, vječito opružena dlana — koji su neprekidno izmjenično ljubili volovi, krave, telad. U suton silazio bi s blagom na pojilo i čekao da bik-predvodnik Jakan, napivši se, snažno othukne kroz nozdrve, podigne vrat i, dok mu kaplje voda s otvorene gubice, prodorno rikne spram sela.— Ljepše duva u rožić Jakan od Jačice! — smijao bi se bikovljemu muku, zabacivši još dublje na rame obramnicu pastirskog roga.

U selo je rijetko dolazio. Tražio je da mu ručak šalju po gončinu dnevničaru — kako je redom koju kuću patrilo. A na večeru nije ni išao, samo da se ni s kim ne susretne, i da ga ne draže kosci, žetelice ili drvosječe, ispitkujući napasno o šumskim dusima i pastirskim vilama. — Imaš li i ti Jačica, svoju vilu? — upitala ga jednom u momaštvu, za večere, neka vragoljanka, zagrcnuvši se nad zdjelom od smijeha. Prosuo se zveketljiv prasak tanjurâ i zdjelâ po stolu. Tuckale su grohotljivo žlice u lončićima. — Odonda je ljeti i s jeseni večerao rosom ohladnjele jagode po krčevinama, zobao trešnje divljake na poljima i tražio slatke trnjinice uzduž ograda. Zimi je sa sjenika gledao zvijezde — tako slične žutim, rasprosutim mrvicama žganaca.

Dočuo za nj i velečasni, pa se duhovnik snebio što jedan od stada njegova ne dolazi u crkvu, ne ide, kao ostali pričesnici, da spere grijehe sa sebe i umilostivi Boga slušajući riječ njegovu s prodikaonice! Vabio župnik Jačicu nekoliko puta k sebi, ali se ovaj uvijek oglušivao njegovih poziva. Napokon se velečasni odluči i uz pomoć crkvarovu popne se do plandovišta. Jačica je sjedio pod borovima, na kojima su visjeli češeri kao nakiti na crkvenim lusterima, i gledao plave oči Jakana, koji je pokorno lizao pruženi dlan. Čoban se nije osvrtao na dolaznike.

— Grešna duša — pomisli velečasni; — grub kao gorska trava i nijem kao zvijer — prošapta crkvaru u uho, a ovaj zaklima glavom.

Sjeli su mučke kraj njega.

— No, Jačica — otpoče velečasni — da se malo porazgovorimo o dragom Bogu. Znaš li ti, na primjer, koliko ima bogova?

— Koliko borova, toliko bogova! — odvrati mrgodno Jačica, podigne rog, zabaci kaput i izgubi se u grmlju.

Odsada je još rjeđe dolazio u selo.

Svake godine o Martinju ubirali su govedari svih okolnih sela pastirinu. Obilazili bi kuću po kuću, broj po broj, veselo bi praskali dugim konopljastim bičevima vitlajući ih oko sebe i puhali u svinute rogove.

Ali Jačica nije već trideset godina dolazio u selo o Martinju — jer su njegovu čuvarinu polizali kroz godinu volovi s dlanova, pozobale ptice u šumama i raznijeli sijači vjetrovi što je ovima preteklo.

Kada je onemoćao, i obezubio, zaglavinjao na staračkim, spotakljivim nogama, i izdao ga glas — dogovori se selo da mu nađe zamjenika koji će moći, kao i u ostalim selima, bučno bičkarati korbačem, glasno hajkati blago i duvati u rog jače od Jakanova muka. — Naš govedar tuli najljepše i najjače! — hvalisat će se odsada seoska dječica pred djecom iz okolnih sela.

Otišli su do Jačice, razložili mu svoje stajalište i ponudili za dugotrajnu službu staru kravicu Golubu (koja bijaše bezuba, bez doma i bez gospodara, kao i on) — pružili mu nekoliko polovnika kukuruze i uputili ga da se nastani u ruševnoj samotnoj kućici s vrtom, daleko od sela, povrh općinske ceste.

Te je večeri Jačica Šafran izljubio na lučenju redom sva goveda, pomilovao teoce i napokon objesio se o vrat Jakanu zagušujući na dlaci grčevite jecaje. Jakan je nakrivio visoko podignutu glavu i naćulivši uši začuđeno ga gledao.

*

Napokon se Jačica pomirio sa sudbinom.

Iz početka je ustajao u predjutarje (dok su zvijezde, poput cvjetova, blijedeći venule na nebu) i bježao je kao ureknut u goru, da gleda kako se dolovi i obronci osipaju stadima. Potajice bi odlazio u koševine i dugo promatrao iza grma kako Jakan sagiblje snažni vrat i čvrsto raskrečenih nogu s uživanjem prisrkuje jutarnju rosu na travi. (Činilo mu se kao da srče suze s njegovih očiju.) Pomišljao je: kako bi bilo dobro da postoje vilenjaci i pastirski dusi koji bi odnijeli novoga govedara unepovrat, pa da on i dalje miluje Jakana pod borovima i ljubi male kovrčaste teoce u čelo, u slinastu im njuškicu.

Kasno uveče vratio bi se slomljen kući, dok je Goluba iznemoglo mukala za praznim jaslama. — Tako se jednom zagledao u njene turobne, paćeničke oči, i poniknu pred njom skrušeno kao pokajnik. — Golubo, Golubice, Golubičice moja, žalosnice stara — tepao joj ganuto — ne treba Jakan Jačice, ne žudi on za mojom krhkom starosti; podaju se meke travčice njegovu jeziku. Jako je stado, prejako, Golubice! — dragao je njene uške koje se podatno povijale pod njegovim dlanovima, milovao joj tupe, okršene rogove koji kao da su postajali meki od dragosti. Tako je glasno, tako je veselo žvatala dobra, bezuba kravica tvrdu gorsku travu — kao da su joj počeli upravo sada nicati mliječnjaci.

Tada zaljubi Golubu.

Isplijevio je korov u zaraštenom vrtiću, prekopao ga i zasijao kukuruzom, zasadio krumpirom i grahom čučavcem. Nedaleko od kolibice iskrčio šikaru i pretvorio je u usjev. Prevrne zemlju i posije pšenicu. Poljubilo toplo sunce sočne klice i izvuklo za vrat iz zemlje zelene klasove i zlatnim šibama istjeralo kukuruzne stabljike iz tame, da ne ljenčare. Raspjevale se ptičice po šumama, dolepršali oblačići bijeli kao anđeli i porosili pšenicu, osvježili livadu u boku nad kućom. Nju će Jačica da pokosi dva, tri puta za krmu Golubi.

Čim bi se rasvanulo, odvezao bi Golubu i odveo je kraj puta da pase. Pogladio bi je, pomilovao, i onda otrčao u vrt da radi.

Isvilali se kukuruzi, ubradali kao Jačica. — Rastite bradonjice, plodite se, mili. Pomoći će vam kišica da ozrnate da se pozlatite — šaptao je gladeći im duge, svilene brade.

A kukuruzi stali na noge kao vitezovi, zašumjele im perjanice na glavama, te stadoše mahati zelenim sabljama oko sebe. Odgrnuo jedno jutro lišće na klipu, a ovaj se nasmijao prpošno Jačici u brk bijelim, mliječnim zubićima.

Otrčao Jačica radosno do krave i zagrlio je: — Golubice, Golubičice moja, raste pšeničica, podiže se krušac kukuruzni, milena!

A uz vrtnu ogradu zacrvenjele se jagode od sunčanih po-
ljubaca, i ciklame raskalašeno zapušile na svoje lulice da je
mirisalo, da je mirisalo uokolo...

*

A li jedno jutro polegla grdna oblačina iznad sunčane ko-
libice; zamuti oči Jačičine, smrknu mu vedro čelo i otre smi-
ješak s usana.

Bio to Franina Brdar, ugljenar i drvosječa, čovjek koji se u
mladosti zavlačio pod kirijaška kola, nakrcana drvom, i dizao
ih na orijaškim plećima. Hodao je uvijek razgaljen gologlav i
zavrnutih hlačnica, s velikom sjekirom pod golom nabreklom
miškom. I dok su drugi drvosječe cvokotali zubima i tiskali se
oko vatrišta u šumskoj drvenjari, on je mahao ogromnom sje-
kirom oko sebe i obarao hrastove, rušio visoke bukve — a inje
mu se hvatalo rutavih prsa i kratke četinaste kose. Prozvali ga
Oblačina, jer bijaše uvijek namrštena lica i neprestano s kle-
tvom, kao s gromom, na ustima. Pobožnici, sklonuti za oluje
pod drvetom, krstili bi se plašljivo u njegovu prisuću, da ih
strijela s neba ne uništi. Ali baš onda psovao bi Brdar najviše i
grmio svojim dubokim, teškim glasom.

Pričaju starci da je još kao dijete volio krupne riječi. Dok su
se kao pastirčići igrali s njime, a već onda bijaše u njega neo-
bična snaga, zvali su ga u igru: — Frane, Franica... idemo se ig-
rati "vjeverice". — On bi mrko odvratio: — Nisam ja Franica, ja
sam Franina!... Franina! — ponovio bi bijesno i otišao u šumu,
gdje se popeo na najvišu bukvu i do noći promatrao s visoka
daljine za brdima. — Ostala djeca strahovala su da se ne izgubi
ili ne ode u kvar koje njegovo govedo, jer bi ih inače sve ispre-
mlatio, pometao na kup i rastrkao njihovo blago.

Franina Brdar nije poznavao rano umrle matere, a oca nije
imao. Prva riječ koju je razumio bijaše: kopile, a druga: slugo!

Kao momak nije zavolio nijednu djevojku. A i djevojke bi
se raspršile pred njime kao golubice: — Ženetine! — mumljao
je s mržnjom za njima, sjećajući se kako su mu te vršnjakinje
dobacivale par godina unazad: kopile, Franina, kopile! A
njihove matere zgražale se šapćući gnusno o njegovoj majci koja
je ležala u grobnom mraku i u tami njegova djetinjstva.

Lugari su strahovali pred njim i nikada nisu nadzirali šum-
ski predio u kojem je ozvanjala njegova sjekira. Seljaci znajući
za to, odlazili bi s kolima na takova mjesta i nesmetano rušili
najravnije jele i najdeblje hrastove.

Pred starost, kada mu se ukrutiše kosti i utromi tijelo zadesi ga nesreća. Oborena jela oklizla se naglo o susjedno drvo i odbivši se panu na nj. Prebila mu nogu.

— Ne možeš bez nožurine! — rekne sebi jednoga dana dohvati bradvu i sjekiru, te se uputi ravničici i bočini pod šumom.

Dovuče nekoliko tankih jela, okljaštri ih i obradvi, pa podigne brvnaru kraj Jačičine kolibice.

*

Prve dane nije se Jačica ni osvrtao na susjeda. Redio je vrtić, dragao Golubu i tepao joj mile riječi — ali sada tiše, mnogo tiše. Metnuo joj povodac oko rogova (što dosad nije činio), samo da može biti razložno u njenoj blizini.

Ipak, on je snažno osjećao neprijatno susjedstvo i kao grozničavac drhtao na svaku susjedovu riječ, na svaku njegovu kretnju. Radeći u svom zabranu, sagnut nad zasađene gredice, doprle bi do njega psovke razljućena Brdara, i on bi se svaki put trgnuo kao udaren knutom, zamrmoljivši glasnije bujnoj ljetini drage, sitne riječi.

Iz početka niti se novi susjedi pozdravljali objutro, opodne ili navečer, niti se riječ zametnu između njih. Štoviše, oni se nisu ni pogledali, ili, bolje, Jačica bi uporno promatrao kako zrnaju klipovi, kako se glaviča kupusna lijeha, i kako puni klasovi, poput mudraca, zamišljeno obaraju teške glave. — Ipak, on je ćutio neugodne susjedove oči na svome potiljku i prezir njihova pogleda.

Ali desetog dana u svitanje nasloni se Franina Brdar na ogradu branjevine (da je zaškripala mučno) i grmnu spram Jačice, koji je upravo izvodio Golubu na pašu:

— Kuda ćeš s tom kravetinom?

Jačica se skupi i ne odgovori.

— Kuda vodiš tu kravetinu?-podviknu Franina jarosno, a Jačica mučke zakrili kravicu... kao... da je zaštiti od udarca.

Brdar je grohotao za bjeguncima.

Jačica bijaše sretan kada je susjed odlazio u šumu na obdanicu i vraćao se tek kasno u noć.

Ali ponovnom ruganju nije mogao izbjeći:

— Hej, Jače, ljudino čobanska... što ruješ po tom blatu. Udari lopovske gazde po tikvi i pokolji im stado kao vuk, pa se nažderi mesine. Ti natravio bikove u koševinama, ti si, junačino, utovio krda njihova! — A to je posao za ženetine!

Jačica je osjećao da padaju Brdarove riječi na gredice kao tuča.

— Zori, pšeničice, zrnajte, bradonjice, zlatite se, mili! — sipio je njegov šapat na ljetinu kao kišica koja ublažava nanesenu bol.

To se često ponavljalo.

— O Jače, Jačino — tom starom strvinom ti začepiše gubicu, tom kravetinom mrhavom, umjesto da im kao ljudina rečeš: nećemo tako, vojsko, stani, svjetino bućoglava, ja sam bio vaš sluga dosad, a sada, kad mi bradurina posivjela, i zubi poispadali, i nogetine me izdale, i očurine obnevidjele — sad biste vi ovakovu mrhu, ovakovu strvinu bacili preda me! Nećeš, vojsko, nećeš, narode; kada toliko izgubih za te nenaplaćeno, neka ode k đavolu i ovo što ostade — pa da ti glavurdu odsiječem i tu srčetinu smrdljivu izvadim iz prsiju!

A Jačica bi nehotice surovo povukao Golubu, samo da poskoči i uteče ispred nemilosrdnih udaraca.

— Vidiš, jade, gledaj, sirotinjo kratkoruka, izbulji oči, bijedo tupoglava, evo, nožurinu sam prebio, ali ne za drugoga, ne za drugoga! Nije kriv nitko tome nego jela, jeletina koja se isklizla. A ja, da se osvetim, rušim hrastove, obaram bukve, siječem šumi nožurde za svoju jednu! — A da sam drugom slu-žio i u njegovoj službi nogu izgubio, pa da mi je ne naplati — ja bih mu tako noge podsjekao — kao deblo jeli! — Nisi valjda djetetina da buncaš toj milodarnoj mrcini prosjačkoj riječi nedostojne čovjeka!

— Golubo, Golubice moja! — tepao je žalostivo uvrijeđeni Jačica kravici, gladeći joj rukom sjajnu zlaćanu dlaku na nabreklom steonom trbuhu koji se teško ljuljao u hodu. — Milosnice moja stara, i opet će Jačica ljubiti teoce u čelo kovrčavo, u vlažnu gubičicu! — grlio ju radosno dok je mučno stenjala u brzanju.

— Patuljak, a ne ljudina! — promrsi Brdar za Jačicom i svali s ramena trupac za ogrjev, koji popraćen kletvom bučno udari o ledinu.

*

Pred jesen zakola selima vijest da će ubirati vojnicu od onih koji nisu odslužili svoju dužnost.

Već su ćoravi Nikola Lugar i Stopar Mata primili poziv.

Među popisanima bijaše i Jačica Šafran.

Ušao jedno veče pandur u njegovu kolibicu i bacio preda nj cedulju, ljutit što je zbog toga morao tako daleko pješačiti.

Jačica je uzdrhtao pogledavši papir isprijeka, i velika tjeskoba uđe u nj. Bijelio se papir pred njim u mraku sličan komadu leda koji je ohladio sobu kao kosturnicu i ledenio mu srce. Čuje se izvana kako Franina Brdar cijepa na mjesečini, i udarci sjekire odjekuju u sobici kao u mrtvačkom sanduku kada grobar čekićem zakiva čavle na pokrovu.

Pomisli: Franina je bio sposoban i pjevao je u kolima okićen trobojkama:

— Hej, ženetine!

Jačica je kočio kola u nizbrdicama i sjedio na rubu lotre blizu kočnice.

Kada su došli natrag u selo, Franina je digao harmonikaša uvis i unio ga u gostionicu: — Sviraj, banda! Rastegni joj gubicu! — Hej, ženetine!

Jačica je stajao vani kod konja, jer nije bio uzet, i slušao kako harmonika pijano grohoće i trešti u tamu.

— Ha, ha, ha! — hohotao je za stolom na pregledbi zakopčani gospodin s dugom na hlačnicama kada je goli Jačica Šafran na poziv istupio preda nj. — Ha, ha, ha! — gušio se pocrvenjevši od smijeha i otkapčao si oko vrata stegnutu bluzu na kojoj su sitno zveckale kolajne.

Grohotali su Jačičini vršnjaci oko njega, podrhtavali im goli trbusi, napinjale se vratne žile.

— Hi, hi, hi! — pištio je slinavo grbavi pisarčić u kutu zapisujući njegovo ime.

Zaspao je s glavom na stolu i nemirno sanjao čitavu noć. Pred jutro iskrsnu pred njim onaj zakopčani gospodin i zablistale mu kolajne na prsima da je morao prekriti oči. — Jačica Šafran! — grmnuo je mrko s visokog trona, a on se sruši ničice i grčevito zaplače. Uokolo stajali su mračni vojnici s isukanim mačevima, a ispred svih Franina Brdar, držeći ogromnu bradvu u ruci. — Milost! Milost! — jecao je Jačica i previjao se na podu.

Kroz visoka vrata uđe tiho Goluba i promrsi mu vlažnim jezikom dugačku kosu.

— Kravetina! — vikne Franina Brdar i nabrekli kravičin trbuh strašno posiječe sjekirom.

— Muu-u! — zamukala je bolno kravica srušivši se do njega, a krv poteče potokom iz nje, te poplavi sobu, potopi vojnike i stade se dizati do visokog ležišta na kojemu se svijao od smijeha gospodin s duginim hlačama, obuhvativši rukama trbušinu.

Jačica se probudi uplakanih očiju i skoči:
— Muu-u! — mukala je tužno gladna kravica u štali.
Potrči k njoj i snažno je zagrli.

*

Za tri tjedna pokazivao je seoski starješina gospodi kuće dužnikâ.
Toga je dana Franina Brdar otišao rano u šumu i nije se vratio do noći.

Jačica je dopodne kosio travu na livadi, a na njivici oponašali ga vjetrom zanjihani kukuruzi, koji su u ritmu s njime, poređani poput kosaca, mahali zelenim kosama, i o bokovima ljuljali im se klipovi kao golemi vodiri.
— Ja-či-či-či-ca!
— Ja-či-či-či-ca! — zvala ga ptičica s ograde. Ali on je bio žalostan.

Strašna slutnja uvukla se u njegovo srce. Užasna strepnja prožimala ga čitava. Svaki bi čas trčkarao u štalu i uvjeravao se da li je zasun dobro prebačen, da li Goluba u polutmini zvekeće lančićem na koritu.

Danas nije, štoviše, razmišljao niti o tome kako će se na Đurđevo Goluba oteliti; nije razmišljao s radošću kakovo će ime nadjenuti telčiću — a te su mu misli inače dane ispunjavale.

O podne je dovukao teški potporanj i navalio ga na stajska vrata.

Čitavo je popodne odlazio malo podalje na put i onda se žurno vraćao do kravice.

Predveče stavi uho na cestu, i zamre mu srce: cesta je tutnjila, i tutanj se naglo približavao kao prijetnja.

Jačica otrči u štalu, dovuče unutra potporanj i čvrsto podupre vrata.

Glasno mu tuklo srce u polutami, a Goluba je položila glavu na njegovo rame i mazila se.

Pred kućom su stala kola.

Gore nad njim u sobi grmio je pod od nogu.
— Hej, Jačica! — viknu ga starješina.

Jačica čvršće privine kravičinu glavu i ukoči se.
— Jačica, hej! — vikao je starješina oko kuće, a gospoda su nešto mrmljala i smijući se sjedala na krhke, iscrvotočene predmete.

Netko je snažno prodrmao stajskim vratima.
— Jačica, otvori!

Jačica se pritaji i užasnuto pogleda na vrata.

Doletio pandur i pomogao starješini. Uprli snažno ramenima — i vrata se bučno stropoštaju. Goluba skoči preplašeno i stane Jačici na bosu nogu. Toplo mu tekla krv iz ogrebotine — ali boli nije osjećao.

— Jačica! — viknu starješina. — Gospoda te traže za dug, a ti ljenčariš zatvoren.

Jačica je tiho ustao i zakrilio Golubu.

— Plati vojnicu! Vojnicu plati!

Općinski pisar protumači:

— Nisi vršio dužnost domovinsku — nego si zarađivao govedarenjem punih trideset godina, dok su drugi padali mrtvi i osakaćeni. Ostale su udovice i nejačad.

— Od svoje ušteđevine ćeš lako otrgnuti. — Hajde hajde, žuri — gospoda će okasniti, noć je! — podviknu starješina.

Jačica je stajao bez riječi.

— Ako ne platite, morat ćemo vam nešto zaplijeniti — reče strogo jedan od gospode, a Jačica zarida i baci mu se pred noge.

Starješina pokaže prstom na čelo i šane gospodinu kraj sebe: — S oproštenjem rečeno, malo mu se vrti već od djetinjstva!

— Dakle, nećeš da platiš?! — Dobro! — Vodite kravu! — zapovjedi gospodin panduru.

Jačica je skočio do Golube i objesio joj se o vrat. Pandur mu otkine ruke i surovo ga strovali na kup stelje, onda odveže povodac i odvuče kravu kroz vrata.

— Hajde, mrcino! — izdere se i udari je nogom.

Kad su došli na cestu, priveže je starješina za lotru, i svi posjedaju u kola.

— Dođi po nju s parama! — viknu gospodin Jačici.

Kola krenu.

Tiho je došla noć, tamna, crna noć.

Jačica je sjedio u staji na hrpi stelje; bešćutan, nepokretan. Najednom mu zamiriše mlijeko, i bol mu probije srce.

Izleti van.

Luđački je trčao cestom.

*

Franina Brdar vraćao se iz šume sa sjekirom o ramenu.

Vidio je iz drvnika gdje prolaze kola s gospodom. Prepoznao je Golubu.

Sjede mrko na prag i počeka Jačicu.

Šepao je cestom kući, ranjen, slomljen. Ubijen.

Kad je stigao pred kuću, priđe mu Franina blizu i stavi ruku na pleće:

— Odveli su ti, Jače, kravu... Odveli su ti kravicu...

Onda se naglo okrene od njega i, mahnuvši visoko u nebo, zabije sjekiru do uške u cjepalo.

"PROZNO CVIJEĆE"

Već nekoliko dana opažala je u novinama sitni mali oglasnik:
"Stariji gospodin, željan blage ljubavi i tišine sreće, traži gospođu, drugaricu, koja voli snatriti u predvečerje, čitati drage knjige o toplim šumama i tako čekati povratak svoga druga".
Malo se nasmiješila.

Padao je mrak, cvrčali su sjetno zrikavci, i bit će to krivo da je uzela žustro kuvertu, sjela za stol i odgovorila toplim pismacem na to romantično nečije oglašenje nesavremene, sasvim nesavremene i pomalo staračke čežnje. Ili možda je bila potresena, jer je isto osjećala: davno je umro ljubljeni muž, a ljubav njene mladosti izgarala je nad njegovim momačkim pismima i slatkim uspomenama i strasnom mirisu cvijeća na njegovu grobu da je dugo jecala neutješno, dok joj ne bi umor skršio tugu i bolne čežnje. Ne, nije, nije mislila pišući to pismo na sebe, na svoje posljednje dane žara da ih zadnji puta užije — ne, htjela je samo vidjeti na drugome kako bi se vladala u takovom položaju, u blizini sreće, ispunjene žudnje...

Nakon tri dana digne u upravi novina pod naznačenom šifrom list. Potrči iza ugla, ustreptala kao šiparica, i raskine kuvertu. Tako joj tuklo srce, ah, tako je udaralo. Čitala je čudesno tople rečenice i smijala se sretno nad krasnom jednostavnom frazom, "čekao sam takovo pismo, znate, tako kako očekuje pustinjak za rešetkama prozora svoje ćelije bijelu golubicu, jedinog prijatelja. Drago moje malo pismo!" Oh, Bože, zašto se tako zažarila?

Nije se mogla uzdržati da kod kuće odgovori. U trafici zamoli tintu i stojećki otpiše, ne prosto otpjeva, jer su joj riječi slatko tekle i nizale se sitnim dražesnim rukopisom u ljubak odgovor. Bacivši listiš na poštu nije pošla kući, nego, tko zna zašto, krene perivojem u šetnju, sjedne na klupu i iznova pročita u osami čudesne retke. Tako je promijenila nekoliko klupa čitajući uvijek ponovo, te stigne duboko u šumu do potoka koji je šumio slapićima i smirio se pred ustavom, gdje je voda duboka, bistra i zelena. Ona se nasloni na ogradu i za-gleda se u glatku zrcalnu površinu. Slučajno padne s nagnute grane drveta sitan plodić, što li, i stvori se krug koji se stane umnažati i širiti, te čitava površina vode kod ustava zatitra i uznemiri se...

Oh, to je pisamce, kao ovaj plod vodu, uznemirilo njen pokoj!

I tako se zaveze između njih dopisivanje koje potraja mjesec dana. Bila je sretna, sretna. Pisma su stizala svakog tjedna, pa svaki treći dan, pa svaki drugi. Zatim stane ih primati danomice, a naskoro bi poštar donio i po dva — jedno ujutro, drugo popodne. Čitala ih, čitala neprestance, kao da je poludila — i odgovarala kao začarana. Isuse, Marijo, što to činim?! Ali pismo bi je opet zanijelo i činilo zaboravljivom...

No njegove molbe postaše nezadržljive, on se nije zadovoljio njenim pristankom da joj govori ti, nije se zadovoljio slatkim riječima, nijemim zagrljajima i sanjama. On je žudio da je vidi, da je čuje, da ostvari svoju sreću tihih i sretnih predvečerja, čitanja dragih knjiga i šetnja po toplim gustim šumama...

Drhtala je suzdržavajući njegovu nasrtljivost, strepila je pred časom kada bi mogli svi zlatni, nevidljivi končići, koje je tako sretno i zanosno povezivala, pući zauvijek.

I toga je dana prviput zaplakala, nakon presretnog smiješka koji trajaše nekoliko tjedana. Plakala je, plakala je bacivši se na divan licem i griskajući bolno čipke na rukavima. Nije mogla sjesti za stol da napiše nešto o rastanku. Oh, kako će to biti bolno za nj!

Pisma su stizala: "Draga, jedina, ljubljena, što je s Tobom?! Zaboga, da nisi bolesna, da nisi... da nisi..."

A ona je stotinu puta pročitala sve njegovo dopisivanje i onda se odlučila da ga usreći...

— Thea, halo, Thea — presrela je kćerku svoje starije prijateljice, dvadesetgodišnju djevojčicu. Prije je pomislila: "On ima sigurno srebrne zaliske", jer Thea se pred godinu dana zaljubila u muža svoje mlade kolegice koji je imao crne oči i srebrne zaliske.

— Thea, molim te, dođi danas k meni, pokazat ću ti nešto, predložit ću ti nešto...

I došla je k njoj. Sve joj ispričala, kao u šali.

— Ti si mlađa, pa ti to bolje pristaje. Ali, molim te, ne odaj me. Evo, pročitaj ove listove, pa se onda ravnaj prema njima. Budi topla, mila, kakova i jesi — zato sam te baš odabrala.

Thea je drugi dan utrčala veselo, zagrlila je prijateljicu svoje majke, izljubila je u zanosu:

— Bože, kako, kako je silan! Oh, kako govori, kako gleda! A zalisci — čisto srebro! Ljubim ga, ljubim ga..

Thea je bila sve sretnija, zanosnija. Samo se smješkala i govoreći o njemu sklapale joj se oči i drhtale usne kao da očekuje njegov poljubac.

— Onda, Thea, dovest ćeš mi ga ovamo za tjedan dana?

— Sigurno! Ali...

— No, Thea, pa ti si mlada, lijepa, zaboga!

Mala se umiri i zagrli gospođu.

Čitav dan, pred njegov dolazak, šetala je nervozno sobom i mislila na nagli odlazak, na bolest, na... na... Noću nije spavala.

Ipak čekala je hrabro i sjela mirno u fotelj čitajući Čehovljevu pripovijest Pozno cvijeće. Već je čitala tjedan dana i uvijek se vraćala na prvu stranicu: — Sirotica Marusa!

Kad je stao pred nju, ona je vidno poblijedila i jedva čula njegovo ime izgovoreno toplim, baršunastim glasom.

Natprirodnom snagom primirila se i stala ga promatrati pažljivo, jer on je vidio samo Theu, on je gledao samo nju, samo nju...

Tanak nos, čelo ni previsoko ni prenisko, donja usnica krupnija i rumena... A oči, oči... I glas i kretnje i pogled, sve to odgovara toplini njegovih pisama.

— Ne bih želio da gospođi pravim smetnju...

— O, ne...

— Thea me prisilila — ne, nisam mogao biti bez nje, dok je sačekam.

Ona je šutila. I Thea je šutila, malo smrknuta.

— Drago mi je bilo, gospođo! — reče on iznenada dignuvši se.

Thea se razveseli i opet postane jogunasta. Štaviše, nagovarala ga da ostanu.

— Nemoj, zlato, čemu da se dosađujete... — rekla je gospođa sasvim mirno, tek malo blijeda.

I kada je osjetila svoju ruku u njegovoj strelovito pomisli: neću smoći odzdrav!

Ali Thea je skakutala veselo... i on se s njom izgubi iza vrata.

A ona stajaše kao kip i pusti suze neka teku, neka teku potokom...

Uveče spali njegova pisma, skoči na groblje i ostade u molitvi do noći.

"Bruggs!", rekne sama sebi sutradan na kolodvoru, spremna na odlazak.

Ime toga grada učini joj se gorkim i žalosnim, i ona je vjerovala da će u njemu naći zaborav.

PROBUĐENI DJEDOVI

Dru Anti Trumbiću

Svjež jutrenik gasio je zvijezde. S neba siđe na rujne, providne krošnje i potrese vlažno, labavo lišće, koje sleprša k zemlji. Zatim poleti k putu i zavije naglo, prepanut, oko hrpe ljudi, žena i djece. Dignuv za sobom tešku prašinu, prokoturavši mokar, nespretan papir i prenuvši jednu pticu na grani, skoči mahnito navrh krošnje, udari bučno o lim tornja i pobježe hrptom crkvenoga krova, rušeći u žurbi sitne otpatke cigle.

— Panijan Ivan, Gorenci kbr. 43. — izvikivaše oštro gospodin sreski načelnik imena optuženika, okružen mrkim, do grla oboružanim žandarima. Dvojica su prebacila puščanu cijev na dlan i zategla otponac.

Istupi blijed, mlad seljak. Ispod obrva zvjeraše nepovjerljivo desno i lijevo.

— A gdje si ti bio sinoć prilikom napada na poreske izvršioce?

— Spavao sam. Kod djevojke...

— I tako ti bilo krasno, da ni zvono nisi čuo, ha? Ni viku, je li?!

Narednik blaženo rastegne usta: pod crnim sječenim brcima zareže žuti zubi. Podnaredniku se prezrivo navora koža na desnom licu. Krugu žandara trzne nešto obrazima i nestane.

Gomila seljaka, u sredini, još se jače smrče, zbita.

— Nisam! — odjekne jasan, čist glas.

— Treba bolje uši! — namigne g. načelnik naredniku.

Ovaj istupi s pomoćnikom, priđu mladiću, pograbe ga za ušesa i odvuku među se, stavivši mu lisice.

— Beljan Vilko iz Lukovdola kbr. 16!

Uto nešto drekne, zapišti...

Skoče žandari.

Škljocnu puške. Povuče se g. sreski.

Neko dijete pritisnulo je trubu velikog teretnog automobila, kojim su se dovezle pomoćne čete stranih žandara.

— Majku vam! — škrgutnu podnarednik za odbjeglom dječurlijom.

Grupu seljaka prelije svjetlo radosti. Srca jogunasto poskoče. Nikne prkos.

— Što se ti kesiš! — prodere se bijesno g. sreski načelnik na Vilka, kovača seoskog.

— Žandaru je, molim, sjela ptica na bajunet...

Bajunetaši se ozru jedan na drugoga, ali ptice nije bilo.

— He, odletjela. Prepala se! — veli kovač i šuti.

Narodom šušne pritajen smijeh. Zaigraju trbušni mišići. — Kuš! Ko te što pitao! — pozeleni narednik.

— Gdje si bio sinoć prilikom napadaja na poreske izvršioce? — sjekao je ljutito g. načelnik, mašući sabljicom.

— U kovačnici.

— Oho, golube, ti kuješ! A gdje ti je obrtnica?

— Kovao sam sebi.

— I nisi, je li, ništa čuo, ni vidio?

— Čuo sam svoj nakovanj. Ja drugo ne čujem, dok radim. — Čekaj, čekaj... okovat ćemo mi tebe. I potkovati!

Dva žandara ulanče ga i gurnu u red.

— Palijan Franjo, Gorenci kbr. 30.

— Kapš Franjo, kbr. 9, Gorenci.

— Štefanec Viktor, kbr. 77, Lukovdol.

— Vrbanac Stjepan, kbr. 81, iz Lukovdola.

Povorka ulančenika uvećavala se. Dvojici po dvojici spojiše lance. S bokova čuvali ih žandari sa zapetim puškama.

— Đuro Ravan!

— Sinko, drži se! Budi tvrd i nijem... kao kamen! — došaptavala stara bakica Ravnova sedamnaestogodišnjem dječaku.

— Hej, što šušketate tamo? Je li, stara! — zapita sreski.

— Eh, sine, gospodine, studeno je, rano moja. A starost i mladost navlači na se vlagu kao sô, gospodine... Tako, unuče, zakopčaj se, janje moje. O studeni, ne bilo te!

— Ne melji, stara veštice! Jer bit će ti odmah vruće. Nosi se! — istupi narednik.

— I jes, junače moj, puške ne nosio! I jest... vruće mi oko srca, rano moja. I jest, ruka ti usahla, junače moj! Lijepi moj!

— Što ti to?! — natušti se žandar.

— Sreću ti kršnu, zaželjela, ja starica. Kako zaželjela, diko moja, tako ti rodila, Bog daj!

Vjetar, vidjevši u čemu je stvar, prhne k ljudima, dune im svježe u lice i pomiluje ih, utješnik, studenom rukom po vratu, po kosi, po obrazima uz šapat: samo hrabro! samo hrabro!

Cijelo dopodne čitaše sreski načelnik iz tužbenice. Već bijahu tri sata iza podneva, kada su žandari išli od kuće do kuće sa seoskim starješinama, i dovodili nove ljude. Zatim dođu na red žene i djevojke.

— Što to blebećete, je li! Nitko nije vidio, nitko nije čuo, nitko nije prisustvovao napadaju... Je li, zvonaru! Kako je ono bilo sa zvonom?

— Zazvonio je u stranu... kao na vatru.

— A što si ti na to?

— Skočio sam. Navukao hlače. Potrčim pod zvonik — ali nigdje ni duha ni ptice.

— I nikoga nisi vidio ha?

— Jesam, vidio sam, čuo sam da viču, pitaju: gdje je vatra, gdje je?! Onda pojure s bukom neka kola niz put. Držao sam, da su to vatrogasci.

— A kojeg si od njih prepoznao?

— Nisam išao na put, jer moram biti kod zvona. Može opet netko doletjeti. Svi su oni jednaki, u uniformi. Pa i tama je bila. Mrklo ko u rogu.

— A vi, zapovjedniče, kako ste uputili vatrogasce, je li? Kuda ste krenuli?

— Ne može tu biti zapovijedi, kad u mraku bukne. Glavna je štrcaljka, a kasnije dolazi raspored. Svaki znade svoju dužnost.

Usutonilo se, kad g. sreski završi ispitivanje; pa pridruživši k hapšenicima sumnjive ispitanike, reče jarosno:

— Smotali ste vi to kao klupko konca, je li. Smrsili ste; ali naći ću ja kraj, zasigurno.

G. načelnik zakroči k svom lakom automobilu, davši žandarima nalog, neka pognaju tuženike.

Auto zakrkori i krene. Povorka se makne.

Zazvoni zvono.

Zavikaše žene. Proderaše se djeca.

— Natrag front! — vikao je netko iza glasa od crkvenih lipa. Četa stane na zapovijed. Strijelci prebace puške, spremni.

G. sreski iziđe iz automobila.

Dvojica žandara uhvatiše čvrsto vikača. — Sada viči, mater ti! Viči! — derao se narednik i udarao mršava mladića čizmama o stražnjicu, u križa, dok su padali povici: — natrag front! natrag front!

Nekoliko žandara dobi nalog da rasprše uporne žene i djevojke.

— Napred! — zapovjedi narednik.

Pred povorku krene veliki žandarski teretnjak.

Odjednom iščezne bol, obuzročen čvrsto stegnutim lancima; nestane tuge. Pobjedna radost preplavi muškarce:

ŽiVio MaČek! čitahu ulančenici golema dječja slova, ispisana prstima na prašnom blatobranu automobila, na laku stražnjega dijela i po staklima.

— Pi, kćerko, kakve te suze napale. Ne plači, radosti moja. Gle ti nje! Dok sam ja bila mlada, drukčije smo mi udesile s mužem! Oj, lijepo bih ja njega pogledala, da mi se povratio skrušen, ko iz crkve! Il ćeš ti u madžarone, il ja od tebe, tako smo im kazivale, sotonjacima. Ali, ne boj se, nisu bili stari perjaši pred nama takve naprzice kao ovi sada! Čuvali su svoju njušku... Što će ti muško mekotno, slineno — nek se on, junak, uspali tamo gdje treba! Što će ti nesmjelica, smrzlica, slabotinja neka, koja se samo na žensko ustremljuje! — tješila bakica Ravnova snahe i djevojke.

— Ne tuži, rode. Pjevaj! Šumaju se ti gadovi oko kuća i uške naprežu, pa, pomisli, kako im srca krvnička poskakuju, dok čuju plač i tužnjavu! Treba njima zafućkati pod nos, zapjevati! Neka znadu, da nas ne obuzima trepet. Neka oni strepe, jadnici! — sokolila je zabrinute matere.

— Kažem ja malom Vladi: sinko, nemaš oca, nemaš majke. Ja sam ti sve, ja i ova zemlja! A što bi ti, da meni netko pljune u obraz, diko? Što bi ti, da mi netko sapne i ruke i noge; da mi usta zalokoti? — Ja bih ga, kaže on, vrijednik, ja bih ga, bako, izgruhao, smlavio! Vidi, ovako! — pa iskrši, slatki moj, bičalo na koljenu. A ide mu, evo, tek jedanaesta za leđa! Dobro bi uradio, mili! Dobro bi uradio; povlađujem nejačku. Rodio si se lijepa imena i prezimena, pa da te neki silnik okrsti, stavimo, Pištom Sirenjem, ili, sačuvaj Bože, da tebe, Vladimira Ravna, nazove: Velja Pretrglija. I da ti još k tome zaprijeti batinom: od sada, brajko, nećeš govoriti hrvatski, već roktat ćeš kao krmak i gickati poput skota! Opalio bi ga, je li, rano moja? Zadušio bi ga kao mačku šugavu! — nasmijavala bakica suseljanke, koje se stužile na vijesti da pritvorenike tuku u sreskom zatvoru.

— Neka ih, neka — bar će im znati vratiti! Pitaj lovce! Što dulje i jače pušku nabijaš — palit će ljuće! Pamti, kćeri, sunce je u zatvoru sakrito! Oteli ga lopovi. Moraš po nj unutra, u tamu. Nisu li pričali djedovi, da je Lukovdolčan Roško ležao po tamnicama, u kladama, i do cara u Beč putovao, dok nije srušio kmetstvo. Uvijek sunce iz tame izlazi, iz zatvora. Upamti! Iznijet će oni na plećima sunce veliko, hoće! — ljutnula bi se baka na malodušnicu, koja odjednom jaukne, zapomogne.

— I jače će ih, srećo moja, još gore bit će im, ako budeš cmizdrila, ako budemo omekli. Gmeždit će nas kao maslac, gaziti kao grožđe. Treba njima na inat zainatiti, na prkos otprkositi, batinu batinom platiti. Kakav pozdrav takav odzdrav, kakva šala takva odšalica, kako si uzajmio, tako ti se vraća! Ne bi ti, milena, pazila s koje ćeš strane k zmiji ljutici, da nije u nje zuba otrovna! — bistrila starica žensku pamet zgrčivši mršave šake, zviždeći palicom po zraku.

— Živio u stara vremena kod nas, dok sam ja još djevojčicom bila, župnik. Dobar župnik, pokoj mu duši. Bezgrešan. I lijepo je hrvatsko ime nosio: Kralj. I šaljivčina bijaše. Sjećam se, išao je često u Rim na pijaču, u krčmu. A Pape nisu bili u staro doba tako siromašni kao danas, držali su gostionice[1] I sâm ih đavo složio, došla u Lukovdol neka protuha Ban Miško; pa ga moj župnik uzme k sebi za slugana i kočijaša. — Bane, vozi Kralja Papi u Rim! — znao bi, šaljivac, viknuti sluzi poslije mise pred svim župljanima. Tako, laka mu zemljica, dobrijan bijaše, svetac — mio narodu! Ali, kosti mu se prevratile, madžaron ljuti, preljuti! I, slatke moje, dođu izbori. Vaši pradjedi stali kao kurjaci na putove, pograbili toljage — i ne želi smrti, da povičeš nešto u korist Madžara, nego samo protiv: dolje ovo, dolje ono, dolje Pišta, dolje Kuen. Idu ljudi na glasovanje! Ali moj župnik, svetac nijedan, htio bi da se ne zamjeri narodu, pa ne ide na izbore; jer k Hrvatima neće, a za Madžare boji se. Dobro. Uzme on, mile moje, misiti — samo da ga ne bi tko odveo u općinu. Misi zornicu, misi ranu misu, misi poldanicu... Ali moji Hrvati dođu s toljagama u crkvu, pa k njemu pred oltar! Odvukli ga kao vukovi u sakristiju, svukli mu misnu odjeću, i oprsnik, i košuljicu, i talar, pa lijepo na pleća s njime i u općinu! Tako je, drage, popo postao silom Hrvat! Bilo mu lako u zemljici... — prekrsti se Ravnova.

Kroz kikotanje slušateljica nastavljaše: — Vidiš, dušo, ne daj svoju grudu, svoje pravo, svoju slobodičicu, svoje ime nikom ... ni caru, ni kralju, ni banu! Ne daj se prevrnuti, nego ti prevjeri koga možeš! Sučeli se! Ne izmiči rogove, kada ih imadeš!

Brzala bi, hitnica, od jedne obitelji k drugoj, i tješila, vidala, svjetovala, karala, milovala:

— Bila sam kod Marte Krajanove. Obolila sirotica, a jedinac joj u zatvoru. Treba da pomognete samohranoj! I na sina joj ne zaboravite. Eto, Đurina žena rodila dijete. Čim je muž saznao, moli on sreskoga, da ga kući pusti na par dana. A ovaj veli: Golubiću, kaži tko vas organizirao! Je li? Pa s Đurom opet u tamu. A što će ono petero nejake siročadi... Skočite, cure, lijepe moje, spašavajte, ruke vam se pozlatile! Tako, djeco, pomažite svoje. Sirotinja sirotinju. Jer da nismo bijedni i gladni, trudni i bijedni, duše mi, ne bi nas oni lomili i gladnili još više; otimali nam sunce i mjesec, vodu i zrak!

A djevojke i snaše posluju. Osjećaju mlade, gdje raste zahvalnost oko njih. Milo im u duši. Pa, gdje se mrzost ispopriječila između susjeda, miri zajednička nevolja. Štoviše, izmireni zavađenici pokazuju se još usrdnijima, nesebičnijima.

— Neka, neka... složit će nas oni! — likuje bakica Ravnova, i smješka joj se navorano lice. I oči, i čelo, i bijela kosa. I vesela oprava na njoj, s prkosnom, lepršavom pregačom, kao da se smiješi.

Mali čobani i pučkoškolarci mjere snagu, veličinu i prvenstvo sela po jakosti konja i volova, po težini kola, po debljini oplata i okova na njima; po vještini momaka u tučnjavi, po glasu govedarskog roga i plućima njegova duvača.

— Urepite, ako hoćete, par vaših konja za Palijanova Lisca ili Prama... pretegnut će ih! — dobacuju izazovno mali Gorenčani Lukovcima.

Lukovski su voli najsnažniji pod vozom i najčvršći na rozima. Nema takvih bodača!

— He, Bačkov Svilan samo se očeše o vaše bušake, pa im crijeva prosipa! — odvraćaju Lukovci i skakuću oko mrkog Svilana, da ga nadraže na gorenske volove što izmiču.

A Dražani tvrde, da njihov nijemak govori najviše riječi. Može da kaže: haj, haj! dok tjera blago, a kad ga zaustavlja, jasno viče: booo! booo!

— Vaši mutani samo mašu rukama i nogama, bulje oči i krevelje lica. Sad se hvataju za tur, sad za gušu: i sve jednako aču: aaa, kao sisanče u pelenama — bockaju ovi Lukovce i Gorenčane.

— Ih, čudne mi robe... stati volu za rep! — odgovaraju napadnuti. — Ali naš plete bičala, gradi metle, grablje i roglje! A naš je najbolji kosač i klepač!

Tako u školi dolazi do otvorene bitke, a na paši nema bez obračuna prijelaza preko seoskih pašnika.

Ali pastiri pojedinog sela odabiru svoga prvaka. Najsnažniji u rvanju, najvještiji u kozličanju, prasičkanju i vinanju, najokretniji u strelovitom penjanju i odbacivanju s vrška na vršak nebotičnih stabala za igre "vjeverica" — ne zavraća blago, nego samo dovikne mrgodno: Hej, zavrni Brezu! Čuješ? A ostali se onda redaju za njim po snazi, pa dojavljuju zapovijed jedan drugome, dok se ne zaustavi kod najslabijeg čobana, koji je zbog mladosti neojačao ili ga priroda ubogaljila.

Već dvije godine drži prvenstvo svoga sela Vlado Ravan. Nije toga puha, koji bi njemu umakao s drva, kada ga pogna iz duplja; ni vjeverice, za kojom se ne bi nekoliko puta prehitio s grane na granu, s krošnje na krošnju, s jele na omoriku, s omorike na bukvu, na hrast, na grab. Nema takova penjača nadaleko! Batinom za kozlanje prebacuje sve vrsnike dvostruko, a najstariji bacač mora još da korača k mjestu njegova dohvata. Čim on pojuri u dostig za trkačem, siguran je, da mu neće uteći. Pa i blago, kada digne rep na muhe i strkne kući, a ostali govedari sustanu u hvatanju, on prestiže i, grunuvši slavno zviždom na biču konopljaku, vrne ga k plandovištu. Već drugu godinu ne plaše se njegovi pastirčići susjednih ni u školi, ni na paši, ni u lovu jer on je najsnažniji prvak svih sela.

Ali zato nije štedio svoje podanike. Ako ne bi jedan od njih izvršio na vrijeme njegov nalog, svalio bi ga na zemlju i stao šamarati. Najdeblje puhove jeo je on. Najzdravije gljive predavali su njemu. Najveći korbač smio je nositi samo Vlado Ravan!

Te večeri dočekala ga bakica natuštena, turnuvši mučke preda nj palentu i mlijeko. Kad se nasitio i htio izići, sjedne starica na klupu do njega, i prepriječi mu odlazak:

— Ostani, ostani, sine. Čujem, da si slavan junak! Dičiš mene staru pred svijetom. Pa gdje si samo dosegao tu jakost, rano moja: ustrmiti se na onoga siromaha, slabićka Đurina? Dobro si se izobijestio, golube. Valjano je isprebijan. Diko moja, mogao si radije istresti jad na meni bijednici! O bezazlenjače, vrijedniče...

— Nije kravu zavrnuo... — bojažljivo Vlado.

— E da, zakon je takav, janje moje. Tko jači taj kvači. Je li? Ih, gle ti... pripadaš onima, gospodičiću, koji ti baciše brata u buharnicu! S njima si složio, bezumniče. U žandare, sine...

— Nisam ja prvi, tako je oduvijek.

— Oho, mudračino moja, kokoši ti mozak pozobale. Pa onda, čemu da se bunimo, zašto? Kuda nam pamet, da dokrajčujemo jauk i tužnjavu... Neka ga; bezakonici su mahnitali i mahnitat će, veliš. Baš si svijesnik...

— Nije to isto, bako.

— I nije. Gore je, stoput ružnije! Bezakonitije. Umuj: oni gadovi su naši krvnici, to znamo. Gaze nas, kolju nas, ždere nas, lome nas. Ali, kada te svoj bije i kini — bezumniji je od razbojnika, od pljačkaša, od ocoubice. No gle, ako si snažan, ako si hrabar... okosi se na silnika, na krvopilca! Izgrmi gromove na gonitelje golorukih, neoružanih, nezaštićenih. Na bezakonce, mili. Orazumi se: žandari biju oca, a ti udaraš po sinu!

— Nisam tako mislio — pravdao se Vlado, stužen.

— Nisi mislio, nisi, unuče. Kad bi mislio, ne bi uradio tu glupost! Vidiš, ja molim žene, preklinjem djevojke, neka podupru Maru Đurinu; a ti si, eto, primjerak moje ljubaznosti...

— Pa neću više. Sam ću mu otjerat blago na pašu.

— Ali nije to samo radi Đure. Uvijek štiti slabije, kada si jači. Ne budi gnjilac, pa da ležiš, dok drugi za te rabotaju.

Ono siroče kržlja sve više, a ti bikuješ! I još nešto, odbit ćeš od sebe privrženike, jer gdje se sila bani, tamo ljubav ne kraljuje. Vremena su takova, da smo potrebni svi, kao prst prstu. Srednjaka pomaže kažiprst; ovoga palac. Mezimak dosrednjaka. U narodu nema većih ni manjih. Uzmi uru: iskineš li najmanji točak — ne ide. Gledaj kuću: neka joj makar jedan crijep napukao — prokaplјuje. Ili: rani drvo u koru, misliš: mala rana, neće mu škoditi. A ono vene, vene — i ugine. Tako je to, dušo moja. Osim toga, onome koji tlači nevoljnike, uvijek se osvećuje. Inače, jao nama! — uvjeravala je bakica.

— Slušaj!

Živjelo se u stara vremena (dok su patuljci išli na oči ljudima, a vile ih darivale) neko čobanče. Jadno, nedoraslo, krmeljivo. Umrla mu mati zarana, a otac ko otac, odlunja u svijet i ostavi slabunjče Bogu na milost, a čovjeku na grijeh i spoticanje. Ljudi neljudi, kod kojih je paslo goveda, podušili mu rast u klici, kao vjetar vatricu što izbija. A međ pastirčadi, siroče, u igri najslabije, u nadmetanju najnemoćnije, u riječi najbjednije. Bezdušni nadjevač nazvao ga: Perce. Potrčala krava u kvar, a prvak viknu: — Perce, poleti! Odletjela batina podaleko od kozleta, već nalažu: — Perce, donesi! A pred noć, kada se blago sabire, gone jadno kržljavče kroz trn i kroza šikarje, preko stijena i ponora, te bi Bog bio pravedan, kad bi mu suze u biser obratio. Izgubi li se govedo, nasrnu svi na nesretnika: — Perce, gdje je govedo, Perce! i udri u grudi slabašne, i gruni u plećku, u noge. Zatim viknu: — Pogledaj, nije li ga sakrio pod rebarce! pa šakom u slabinu. Povazdan morao je bježati za gljivama da silnike ugosti. A kod kuće dohvatili batinu s drugoga kraja! Gorak život, pregorak... Ali, kad su ga tako pastiri jednoga dana pretukli, nakon što je od domara izmrcvaren, stade on plakati u šumi, berući mučiteljima gljive i slatko korijenje. Najedared ustukne... Briše suze, tare oči u nevjerici. Stoji kao ukopan i gleda: leži pred njim, na maloj čistini, krasna žena; snažna, velika. Pod glavom joj, kao zelen jastuk, humak obrašten mekom mahovinom, obrubljen svilenim lišajem. Kosa zlatna rasula joj se tijelom, a oko nje pršu omamljeni leptiri i cvrkutave ptice, uljubljene. Kako ljepotica diše i odiše leluja se cvijeće na livadi, treperi lišće na granama... Ona se nasmiješi djetetu i kaže glasom srebrne žice: — Dođi! Njemu se stanu noge same micati. Stvori se kod nje, kao da su ga anđeli ponesli. — Biju li te, je li, siroto dijete — veli krasotica i pomiluje nejačka majčinski po licu. Čekaj, nadarit ću te snagom neviđenom! — reče sa suzama u grlu i zanudi ga svojim mlijekom. Dijete usne, nasiće. Kad se probudilo, a vile nema kraj njega, nema je na čistini, nema je oku na dosegu — nego sunce odskočilo visoko i žeže ga nemilostivo, jer je ležalo poleđaške nasred lisine. Pogleda, učuđen, mladi brijest pred sobom... a krošnja mu se klanja, dok udiše zrak u se i opet, šumeći lišćem, pregiba se na drugu stranu, dok on, junak, izdiše... Skoči, protegnuvši se, a mjesto, na kojem je ležao, uleklo se poda njim... Pođe prema plandištu. Na putu nađe mu se velika stijena. Vidi da je zalutao, pa se htjede vratiti i naći izlaz. No, slučajno udari nogom o jedan veliki kameni šiljak: ovaj pukne kao staklo. Čoban se okrene, osviješten, dohvati stijenu za dno i prevali je s velikim treskom u obližnju dragu. Kad se našao među pastirima, skoči prvak preda nj, pa vikne: — Perce, strvino, gdje si ti plandovao dva dana, ha? Gdje su ti gljive, je li, dangubo! — Zaleti se na nj i mahne batinom. A batina se razleti na parčad. Zgledaju se govedari, preneraženi, pa ne vjerujući, bace se na druga. Ali gdjegod bi zahvatili, kao da su zahvatili kamen. Gdjegod bi udarili, ostaše im šake krvave i ranjave. Perce sve šuti i gleda. Onda priđe najljućem biku, pograbi ga za rogove i prebaci na leđa. Čobani se prestrave i bjež kući! Vilin štićenik dotjera pred noć sve blago u selo, a tamo nema nikoga... Kasnije opazi gazdu navrh lipe, gazdaricu na trešnji, susjeda na orahu; a ostali seljani posakrivali se kud koji i zvjeraju drhtavo, što će div uraditi. No on se obrati ljudima i stane govoriti, te mu se glas odbijao o pećine, grmio ponad šuma i voda: — Pastiri, od sada će svaki sam svoje blago pasti i zavraćati. Sam će gljive brati za se i tražiti slatko korijenje. A vi, gazde... da niste uzimali slugu i sluškinja, jer zemlja je velika i bogata! Nije li dosta, što vas oblak i sunce, njiva i stoka služe? Što tko privrijedi, da i pojede sam! A nađem li bezdušnika među vama, koji se okomljuje na stare i slabe — satrt ću ga!

I nestade nepravde, nestade sile krvničke, dok je živjelo mezimče vilino. A Perce je bdio nad pravicom stotine godina... Ali: rastaće se kamena gora, nestaje rijeka, hlapi more; pa dođe rok i njegovu životu. Svijet, prepušten sebi, izložen zlu, izvrgnut sili, brzo ološa, uskoro zapusti stare dobre zakone i pomahnita. Nego — završavala je uvjerljivo baka pričali su starci, a ja ti to prenosim, da je Perce samo usnuo; pa kada jauk i tužnjava postanu veliki, strašni — on će se prenuti. Tako, rano moja, čini mi se, došlo je to vrijeme: budi se jarostan div, budi se...

Nasilje dosegnu vrhunac.

Pred seoski zatvor iskradali bi se noću pjevači i pjevačice, hrabreći pjesmom uznike. Vino i hrana, darovi istomišljenika, preticali su im.

Međutim, g. sreski načelnik dobi prijeteće pismo. Svi zatvorenici morali su ispisati olovkom ove riječi: Ja pravoslavni Hrvat kunem se.

Isti dan bude izadana naredba da se zabranjuje svaki pohod u uze i svaka noćna pjesma u zatvoru i izvan njega. Presahnu potok vina i jestiva.

Ali darovatelji ipak pružahu kriomice nadarbinu kroz maleni prozorčić s ceste. Jedan žandar opazi "vođenje vlasti u zabunu" — i bi pozvan bravar da metne žičanu rešetku na okance. Bravar ostavi na jednom kraju rešečicu nepričvršćenu, pa im je tako opet omogućeno dodavanje. Primiše novine, u kojima bijaše podcrtana radosna vijest: dr. Vlatko Maček pušten na slobodu. U isti čas zaori podzemnim prostorijama gromorna pjesma. — Što urlaju ti luđaci, je li! — čudi se g. sreski načelnik. — Radi im se o glavi... a oni pjevaju, budale!

Seljakinje ili njihova djeca, prevalivši petnaest kilometara, drhtali su pred nabusitim stražarima, koji pretresahu mršave kotarice, ili bi driješili zavežljaje s kruhom, mlijekom i komadićem mrsa. Posude napunjene tekućinama ispremiješali bi s puta podignutim štapićem, tražeći opasne vijesti i zabranjene dopise. Nerijetko vraćali su posjetioce, prijeteći zatvorom, jer uvrebaše bocu s vinom; ili, jer su našli na krušnom omotu ispisano: Brezase Otelila.

A po selima promiču obdan i obnoć žandarske patrole i podnose tužbe zbog nepravilnog prometa, zbog noćnog smetanja mira, zbog prijetnja organima vlasti, zbog nedopuštenih poklika, zbog plemenske mržnje.

Puče selima glas, da će jedan dio pritvorenika, jer nema dokaza, biti vraćen za par dana svojim domovima; a drugi radi pomanjkanja prostora.

Ujutro osvanu čitavom cestom podignuti slavoluci, okićeni cvijećem, oviti bršljanom i urešeni zastavicama. Navrh jele u visokom Lovniku vio se ogroman barjak.

Troja kola odoše ususret puštenicima.

Doskora dohrle žandari i opazivši slavoluke, dadoše se, ra-
zjareni, na obaranje. Jedan bi poslan sa sjekirom da sruši jelu
u Lovniku — ali znali su seljani da će dolaznici prije zapaziti
barjak, nego što bude skinut. Ostali organi počeše slijediti tra-
gove, pregledati dućane i ispoređivati trobojni papir sa slavoluka
s onim iz polica, stavljajući dućanarima pitanja o kupcima.
Rano popodne začuje se gromka pjesma i vriskovi nad
seoskim putem. — Dolaze! Dolaze! — zaigraše srca, zaiskriše oči,
prošaptaše usne.
— Razlaz! Čisti se! — vikao je izvan sebe narednik i mahao
puškom, razgoneći živu gomilu dočekivalaca, koji su ponovno
nagrtali.
— Majku vam! — psovahu ostali drsku hitronogu dječurliju,
od koje se izdvoji četirigodišnji Emil Živićev, pa uhvati čvrsto
surku žandarovu i klicaše: — Divio Matet! Divio Matet!
Svi došljaci uđoše u kuću mlada gostioničara, koji se s njima
vratio, pritvrde prozore, stave straže i započnu razgovor:
— Sad znamo tko nas vrgo u rashladicu!
— Tko?!
— Joža Crni! Onaj svaštoznanac. A s proljeća obijat će
selska vrata sa svojih osam gladnih batića.
— Doduše, nitko od njegovih nije osumnjičen, nitko tužen...
— Ne samo to, nego... tko je predao popis sreskome? I još
nešto, on se prijavio kao očevidac... Tako — da znate gdje uši
rastu i jezik niče — završe borci.
— Bako — obrati se jedan starici Ravnovoj, koja se smije-
šila, stojeći uz vraćenog joj unuka — nešto me zabolio trbuh.
— Da nisi malo sreskoga žvatnuo... — našali se bakica.
Uzmi, sine, sjeme od konoplje, pa ga u vinu skuhaj. Ne bi ško-
dilo da k tome jutrom piješ mlijeko iz njega iscijeđeno.
— A ja kašljucam; valjda od vlage i promahe.
— Najbolje je da iskuhaš u medu korijen velike koprive, pa
da jedeš. Dobar je i korijen od konjogriza kuhan u vodi. Pij to
ujutro, natašte. Imam kod kuće oba, dat ću ti.
— Meni nešto u uhu šumi i grize.
— Da te nije, golube, žandar pogladio... — dobaci neki
šalidžija, a ostali zagrohoću.
— Oj, pazi ih... — ukori starica veselo grohotljivce. — Čim
zaboli uho, rano moja, naloži sirovo jasikovo drvo, a voda, koja
ispišti, kapa se u ušku. Kad bi bilo kupinova lišća da ga rastučeš
i sok smiješaš s medom, pa razmutiš. Dobro je time zakapljivati.

— Franicu, Franicu liječite — javi se tmurno jak seljak, uprijevši prstom u blijeda momčića, što sjeđaše satrven na prozoru.

Svi umuknu.

— Što ti je, dušo? — usplahiri se Ravnova i priđe k bolniku.

— Bako, triput su ga odveli od nas. Tri puta...

Starica pomogne mladiću svući kaput i košulju, olakšavši mu bolne kretnje.

— Oh, sine... — zavapi, a crni podlivi krvi ukažu se na miškama i plećima, kao veliki, škuri kukci.

— Tajio je, jadnik, da ga ne zaustave na liječenju. — Krio se.

— Takovim se srebrnicima plaća šutnja, bako...

— Prokletnici, krvoloci! — zasikta starica. — Oh, dijete moje, tu su najbolje divljake pečene u tihu pepelu, pa da istucane privijaš na uboje. Brzo će te proći bol, janješce. Hoće — utješi vidarica bolnika sa suzama u glasu.

Duboki muk prekine vesela upadica šaljivčine:

— A mene, bakice, nešto srdžba spopada...

— Izmahni, sinko, na sreskoga, na one zvijeri, iskali se na Joži Crnome... minut će te! Oh, da nije mene starost obezjunačila!

Veseljaci se zavrate u oštru smijehu, nalik fijuku bičeva, koji prijeđe na starce, na žene i djevojke. Zatitra resko u grlima prisutnih pastirčića.

Jedini njihov prvak, Vlado Ravan, gledaše tih blijeda mladića na prozoru velikim, plamenim očima.

Iznenada proglase starješine izbore, koji će se održati petoga svibnja.

Odmah iza toga polijepiše panduri, putari, lugari i žandari ogromne plakate po deblima i plotovima, po zgradama i zidovima. Sa stotinu čavlića prčvrstiše rubove. Žandari s bodovima na punim karabinkama nadzirali su kroz dan i kroz noć goleme papire Bogoljuba Jevtića. Ali tek što bi bili pribiti — nestaše. Od ponovno stavljenih plakata začas su ostali samo brojni čavlići. Ni stroge mjere u proglasima, ni globe, ni batine, ni psovke žandarske nisu mogle zadržati vladine prijetnje na zidovima i deblima, na zgradama i plotovima.

Poslužili se lukavstvom da otkriju drznika.

Jednom opaze najmanju seosku dječicu, što jedvice progovoriše, u igranju oko debla s kojega je nestalo plakat.

— Je li, deco, to su vaš otac i mati pokidali?

— Nisu, ne! Bura je puhala jako, pa ga odnesla! — odvrati hrabro mala Mirica Palijanova iz grupe, nastavivši igru.

— Kopilad! Kranjci! Švabe! Lopovi pustaraški, mater im frankovačku! Evo, ovaj je pribit samo jednim ekserom, pa ga neće vetar skinuti! — puhao je od ljutine narednik, rušeći sitne Mačekove letake, koji bi za žandarima opet iskrsavali u još većem broju.

Po putovima ocrtavali se ispisani u prašini zabranjeni poklici. Po okresanim bukvama uz prolaze isticale se dvobojnim olovkama izrisane hrvatske trobojke.

Neki prozvaše volove Boškom, vičući nametljivo da čuju žandari: — Oha o, Boško, vrag ti mater. Oha!

Ali najveću drskost doživjela je oružnička stanica, koju okitiše Mačekovim letacima, i kuće općinskih tlačitelja, koje osvanuše crnom bojom premaljane, a tek mjestimično bijelili se kažnjivi natpisi i slike rugalice. Pade sumnja na bjeljače, seoske nadriobrtnike, koje žandari iskundačiše da priznadu krivnju. Zatim ih odvedu u uze. Ali iste noći bude izbojan kreštavo sreski zatvor i kuće vrbovskih otuđenika. Stoga ih puste domovima. Općinskog pisara dočekali u mraku napadači, prebacili mu preko glave vreću s naslovom: Bogoljubu Jevtiću, Beograd. Sadržaj: plaća narodna. Drugi dan trknuše žandari staničnim vratima o punu vreću, iz koje se začu jauk pisara. A usred bijela dana postavi netko ispred same općine glasačku kutiju s imenom nosioca vlade i njegova općinskog kandidata: bijaše puna kozjih i ovčjih brabonjaka.

— Ko to radi, boga mu madžaronskog! — psovao je narednik, drščući od bijesa.

Uhapsi sve općinske stolare i odvede ih u srez.

— Mili moj, Jeste domišljanci, jeste! Dobro je bilo. Svrbi ih. Eh, što pušu, što reže, kao oni njihovi goli noževi. Samo, eto, zatvaraju i tuku nekrive. Smisli nešto, janje moje. Kaži djećici — radovala se bakica Ravnova, sokoleći Vladu. — Samo naprijed, sinko. Neka skaču sami sebi u gubicu, zlotvori!

Vlado Ravan i njegovi pastirčići postave na paši čuvare, oni krenu do šume, u zaklonicu. Tu stadoše tesati dvije hrastove daščice, koje jedan od njih, donesavši od kuće alat, poblanja spretno i sastavi u križ.

— Vlado neka ispiše, Vlado! — zahtijevala je čobančad, turajući prvaku u šake četkicu i boju.

— Vječnaja pamjat! — zapiše Vlado na čelo križa; i stanu se dogovarati.

— Matica, ne bježi pred rudo. Rekao sam ti da pustiš Slavka neka odnese škrinju. Jači je i bliži općini. Može nam se tako sve izvrgnuti. Uvijek vrši odsada samo ono što ti je dano.

— Podnarednik je prebrojio brabonjke i broj zapisao u tužbu! — mimoiđe Matica obećanje, susprežući smijeh.

Ostali popadaju na zemlju, prebace se glavačke i čučnu, izvalivši u muci oči.

Beee! Meee! Beee! — stade regetanje ovaca i nakese se koze, da su im treperile šiljate bradice. S ravnice oglasi se bik u basu. Pruži glavu, ušilji uške i začuđen pogleda veselu družinu, pa podigavši rep i svinuvši vrat, zaigra ledinom.

U selu, dok se blago lučilo, dogovore sastanak kod Mufićeva štaglja.

— Plakat je vidan, a Joža Crni pazi. Treba poći pred jutro, kad se on uklanja.

Čim se objutrilo, saspu žandari kletve na obijesnike, maknuvši križ ispred velikog, nedirnutog plakata s krupnim slovima imena nosioca vlasti.

I papirnati oružnik s balegom u lijevoj ruci, a s vješalima u desnici, i sprdljive pjesmice, i žučljive dosjetke, i gnusni darovi na prozorima vladinih saveznika jedili su žandare, koji bi vodili uzaludne istrage i nemoćno škrkotali zubima.

A po pasištima kovali su čobani dalje nove planove, prevrćući se u grčevima rudinom, praćeni smiješnim bekom koza, meketanjem ovaca i gromkim mukanjem razdraganog blaga, čim bi nekom pala na pamet šaljiva dosjetka, koja će žestoko upeći protivnike.

Bakica bi se iskradala noću nad postelju usnulog unuka i gledala blaženo, kako rumenim licem dječaka prelijeću sjenke smiješka.

— Slatki moj, junače moj! — šanula bi, sagnuvši se nada nj vesela srca, taknuvši mu pobožno jagodicom kažiprsta čelo, prsa i oba ramena.

— Pastiri, od sada će svaki sâm... i zavraćati... i tražiti slatko korijenje... A vi, gazde... sunce, stoka služe... Što tko privrijedi, da i pojede sam!... Satrt ću ga! — slušala je nasmiješena isprekidano buncanje unukovo.

U krevetu mnogo razmišljaše, uzbuđena, dok je ne zanese u san mjesec, što se spuštao i penjao preko oblaka, kao da traži put.

Pred zoru sanjala je začudo o divu Percu iz priče: sličio je jako Vladi i mahao veselo iskrčenim hrastom oko sebe, smijući se grohotom.

Sreski načelnik pozove k sebi sve podčinjene i očita im stroga naređenja uz upute.

Joža Crni dao se na nagovor za izbore, jer je obećao sreskom da će mu dobaviti nekoliko glasača.

G. učitelj savjetovaše žestoko Plementaščane, da se priključe vladi.

Sin jednog seljaka, koji je položio maturu, pa ostao bez sredstava za daljnji nauk, dao je gospodinu sreskom načelniku tvrdu riječ, da će glasovati za Jevtića. Obeća i oca s braćom. Okrenut će i neke rođake. Poslije izbora, ako ne pogazi riječi — namješten je u srezu!

G. Klar pobrinuo se, da nekolicini priskrbi policijsko mjesto u gradu, čim odluče svojim glasom.

Par dana pred izbore sretne predsjednik općine Gorenčane i zaustavi ih:

— Čujete li, ljudi! Što mislite, je li viša Ravan ili Gorenci? — pa mahne glavom od brijega kod Kupe spram sela.

— Svaki krst vidi, načelniče, da je viša Ravan; osim, ako kani ismijavati. Samo, da mu ne bi prisjelo...

— Aha, vidite, moji ljudi. Eto, iz Kupe bi se natekla voda u rezervoar na Ravni, i ne bi vam nedostajalo vode...

— I ne bi, da su zašta!

— Da, ali vi nećete!

— Hoćemo mi, hoćemo! Kako ne bi vodovod...

— I ceste nećete!

— Tko to kaže, sve mi hoćemo!

— Ni kukuruz nećete, ni javne radove, ni novčane pripomoći...

— Hoćemo! Hoćemo!

— Hoćemo!

— E, vidite, hehe. Zašto ste protiv vlade? Svega bi bilo, svega. Samo treba vladi dati povjerenje, ovaj, treba je voljeti. Vlada dijeli objeručke, punim šakama, ona baca na lopate novca svojima...

Ali Gorenčana nije više bilo.

Pred načelnikom stajao je samo seoski blesavac Miško. Zinuo u čudu, razjazio usta od uške do uške, kao da guta načelnikove ceste i vodovode i mostove.

— Sve vlada dijeli, punim šakama... — pretrže načelnikov zanos čudan, škripav smijeh — i on se ozre: nakešeni blesavac razvalio slinavu gubicu, pokazuje golemo, rijetko zubalo.

Predsjednik protrne i dade mahove nogama.

Od prastarih vremena slave Gorani prvi dan svibnja.

Momci za slavu sruše najvišu jelu u planinskim jelicima, okljaštre je i ogule do vrška, pa dopreme u selo. Tu je djevojke iskite, urese i pomeću na nju darove, da se svija ono nekoliko ostavljenih grana na žitkom deblu: tu visi butina iz dima, tu boca vina privezana za grljak, tamo kolač i smotak raznih poslastica. Bogata su bila stara vremena, moglo se! Ej, što su penjači žustro puzali uza stablo i oklizili se strelimice ispred samog cilja po mezgrovitom, popužljivom drvu, udarivši stražnjicom o rahlu mekotu, da je ostalo u zemlji prilično grotlo... a ljudi i žene i starci klekli, sjeli i izvalili se potrbuške u smijehu! Pa tek kada neka podruguša, tobože, pomogne stradalniku kod podizanja, a onda rekne, uperivši prstom u gnijezdo zadnjice: — Gle, lakomče, gadnu si zdjelu sagradio... stale bi i tri šunke! — nema konca grohotu, ni trbobolji, ni suzenju, ni šmrcanju smijača! A već drugi, prije nego što je dospio uhvatiti zamamni visuljak, vozi se niz jelu, da starkom poljubi tlo... Eh, gdje je ono staro doba! Kuda je potonulo, kuda je iščezlo, kuda je propalo?! Sada nisu ljudi radi raskoši. K tome kod većine ne bi našao ni repa svinjskog na tavanu, niti blata u kocu... E da, što ćemo, tako je to.

Ali mladići gledaju samo preda se i nema ih zašta biti tuga! Vesele se, lolaju, nestaše se, obijeste jogunastije od djedova — makar su im trbusi uz križa prirasli! Sada praznu jelu dižu, i svojim se momaštvom diči onaj, koji zastavicu za pojasom donese na vrh vrška i pričvrsti je o mladicu! No, kad bi to sve bilo; neto natječu se, utrkuju se šiparci neki, tek što su otpali od kravljega repa... i kršne momke nadmeću! Prije ženik nije još ono znao, o čem sada balavčad poučava i bodri starce. Djedovi su dobrano zakoračili u godine, a nisu znali, da im je domovina veća od pašnika i plandovišta, kud se govedo kreće. Sukahu već brčine, a nisu bili svijesni, da im i drugo pripada osim kreveta i ženskoga krila. Već im se plijesan popadala kose, a padali su pred svakom gospodskom cipelom, kao baba pred Raspelom, ne budi primijenjeno. Dok danas — još mu mlijeko majčino curi niz bradu, pa hvata žandara za surku i podvaljuje mu. Zna da je Hrvat, da je seljak!

Govedarčad ševrdala je planinskim kosama već mjesec dana pred slavu, da iznađe najvišu jelu, vitku, tananu. Još pred ratom moglo se naći takovo stablo u seljačkim odjelima, te penjač, ljuljajući se na vrhu požmirkuje, dok se navikne na visinu. A, evo, od nekoliko godina unatrag, momci kradimice odabiru u državnoj šumi i noću obaraju, da izmaknu lugaru. Ipak, makar zagrnu panj zemljom i lišćem, makar deblo prikrate pri dnu, da mjera ne odgovara, lugar ih tuži svake godine. Ali stalo njima — naučili se na zatvor, kao vrapci na žito!

Godinama najviša je jela u Lukovdolu. Uzalud okoliš pretražuje šume još u snijegu, da njihova visinom dohvati lukovsku; jer ako i nađu nebotičnu, ne mogu je izvući iz šume zbog duljine, dok je ne prikrate — a Lukovdolci ne žale drvnika, sijeku oni svako stablo o koje zapne vlaka! Tako ostaje za njima prosjek, kao da je ljuti vihor prošao.

I opet se sukobljuju mali prepirači izokola:

— Kao uvijek naša je jela najviša!

— I jest... da se na njoj lakše ptica istovari!

— Neka ga; a na vašu puž bali... tolika je!

Uto dotrči iz šikare Vlado Ravan i baca se među zažagrene borce, što sikću, spremni na šakosanje:

— Odmiči!

Ukojice ustuknu, kao kokotići pred domaćinom.

— Budale; koškaju se zbog jele, a Joža Crni javlja žandarima, da će na njoj visjeti barjak — sažme prvak ramenima, smrknut.

— Što? Kada? Gle ti! — uzvrpolje se odjedared svađalice i posmatrači oko Vlade, upanjeni.

— Treba dokrajčiti! — odreže ovaj zamišljeno.

— Oja oj, Vlado, čuj, Vlado! Srebrn zvečak, srebrn zvečak! — uskokodače se Jurica Vekina, prozvan, "srebrnzvečak", domišljanac kome nema para. — Palo mi na pamet kao zrno na kamen! Čujte: objesimo mi u isti čas zastavu na Jožinu kuću ili pojatu! — namigne Jurica i kresne značajno desnom šakom o lijevi dlan... Puno barjaka! Puno barjaka!

— Nije loše — izbaci Vlado nakon stanke.

— Eh, bit će veselo! — kliknu radosnici.

A Jurica Vekina optrčava grupicu, prebacuje se s nogu na ruke uokolo, poput točka s glavinom i paocima, pa potresa ljevicom kao zvoncem i pjeva vragoljasto:

— Srebrn zvečak, srebrn zvečak, nije Jure za zapećak. Izdajica Crni Joža, jeftina je tvoja koža; ako ti se i prismudi znam da nećeš mijenjat ćudi, al izgorit će ti dlaka... sto mu srebrnih zvečaka!

Nikica Čičkov, kome je dosta pokazati prst da zakikoće, legao na zemlju poleđice, raširio noge i ruke, pa hvata zrak. Ostalima izbio znoj na čelu i suze u očima. Ni Vlado Ravan nije se svladavao. A kad je smiješni Nikičin jarac, šušav kao jaje, crn kao ugarak, bradat poput đavola, stao optrčavati okolo kikotavaca i uzmeketao se, kao da ga kolju, prosipljući usput obilno krupne brabonjke nalik na bob — Nikica Čičkov obuhvati u muci koljena i otkotrlja se sred obližnje drage, dok ostali padoše na ledinu pucajući od grčevita smijeha.

Visoko su lebdjeli ponad gora magleni pramovi, kao vela nevidljivih vila, što prije sunčana granuća uzlijeću k nebu, među oblake. Iz tisuća gnijezda, ptičjih pjevališta, po drveću i grmovima ozvanjao je, žuborio, brujao, titrao nebrojen cvrkut. Proljetni lahori: bogati mirisari, poklanjahu svijetu jabučne, kruškove, šljivine i najrazličnije cvjetne mirise s polja, iz vrtova, iz voćnika, iz šuma. Bujne zelene trave, s nizom rosnih bisera na sebi, sanjale su slatko, tek mjestimice probuđene bosom nogom djevojke, koja je istrčala da uzbere svježe cvijeće; ili trkom ranoranilaca pastira, koji već ojču za blagom, dok mjedenice, klepke, zvoncad i praporci prosipaju po stazama i puteljcima sitne zveketljive glasove, zatim krupno duboko brujanje i lepršavo veselo cičanje. Upadaju ptice i klepke i vrela i šume i pastiri jedno drugome u pjesmu. Grle se najrazličitiji glasovi i tako zagrljeni prše u visine. A vlažna prašina na putovima, mokro blistavo lišće u krošnjama, teške rosne vlati i kukci prokislih krila iščekuju sunce da ih ozari, da ih obaspe toplim cjelovima, vrelim poljupcima, koji će ih osloboditi vodenih utega, pa da se dignu, pojure, zaplove, polete s vjetrom, s oblacima, pticama, mirisima, zvukovima.

I ogranulo sunce!

Pjesme, cvrkuti, šumori i grgori proljetni zazvučaše, zabrencaše, zazvoniše iz punih sila, kao da ih odjednom netko prosuo. Potekoše krilatajući žustro k niskim, mješinastim oblacima, ogrnutima dosad sjajnobijelom svilom s tamnim prelivima; a u taj čas obrubiše im se plaštevi jarkim skerletom, od kojega porumene svijetlo modri nebeski prozori između njih, zaruje lokve po lugovima, rijeke u koritima i šumski potoci. Jarko se zažare stotine seoskih okana na niskim kućicama.

Malom pastirskom izvidniku ukaza se sunce na blistavim bajunetama iza grma, liznuvši po njima crvenim, krvavim plamenom.

— Došli su žandari, došli su! — dojavi, zasopljen, drugovima i ljudima.

Sve je sjalo i treptalo o oštrom danjem svjetlu. Kroz bijele proljetne oblačine probile sunčane zrake i rasprsnule se po selu, kao da sam Gospod stoji iza oblaka, pa svjetlo udara od njega ili kao da su te zrake žice anđeoske harfe te će začas zabrujati tihi, svečani zvukovi nad zemljom. Ali čulo se samo kako guske gaču i krilima mašu da sve odlijeće od njih paperje; kako se kokot raskukurikao na plotu, pa preplašen odskočio, kada se susjedova mačka uzverala k njemu, gonjena bijesnim lavežom Mršaljeva jazavčara.

— Počnimo! Skoro će podne! — odreže brat Jurice Vekine momak čvrst i ratoboran.

— Evo! — poskoče momci, te su u obližnjoj mlaci preplašene race požurile do obale.

Sve se više svijeta iskupljalo na maloj ravničici između kuća, pored sela, gdje ležaše dugačka povaljena jela, oslobođena kore do vrška, što se šarenio iskićen, kao svat, vrpcama, mašnama i ostalim papirnatim nakitima.

— Horuk! — poviču oni kod užeta jednoglasno i povuku. Jela se podigne pedalj od tala i padne natrag.

— Pomozite! — vikne podvikivač muževe, koji pristupe konopu i krepko povuku. Jela se digne za dva pedlja, pa ostali momci pritrče, kleknu i podmetnu ramena, odižući se polako u čučanj, iz čučnja se potpuno opruže i stanu ispravljati ruke, dok su dizači kod užeta podvikivali istoglasno i izravnavali vršak.

— Drž, drž! — podbode ljude Vilko Beljan i udari kovačkim maljem o dno jele, koja padne u grabu da se vrh duboko zaljuljao, a dizačima zatitraše nabrekle miške na silno napetom konopu.

— Vuci! Vuci! — vikne podbadač Jure Vrbanac i protezao se u svoj duljini, uprijevši dlanove o tešku jelu, dok su ostali polako primicali šake k dnu, a drvo se sve više ispravljalo.

— Dobro je! Stoj! — i djeca stanu bacati uz bokove jele debelo kamenje u grabu, tući ga batima željeznim i zasipati prhlicom zemljom.

U šutnji čulo se općenito oduškivanje i šmrcanje, popraćeno otiranjem opoćenih čela rukavima i zaznojenih vratova mokrim rupčićima. Stajali su ljudi zagledani u vršak visoke jele, i čitav narod pričinjao se poput ukopnika na groblju, gdje je pop svoje otpjevao i samo još rakari udaraju pljoštimice lopatama o masnu zemlju humka. A, zapravo su muškarci stajali spremni kao zvijeri, koje spuštaju oči nice i čine se zabavljene sobom, iščekujući napadaj.

Iz prikrajka dopre lak šumor.

— Hej, kakav je to cirkus! — upane među narod oštar glas narednika, koji se grubo probijao kroz gomilu.

Nitko se ne oglasi. Samo Vita Panijan odbaci škornje, zatakne za pojas hrvatsku zastavicu, otare stopala o suhu zemlju i zagrli deblo. Brzim kretnjama stade se penjati na jelu. Popeo se već za dvije čovječje visine, ali kliska površina izmakne mu se i popođe natraške.

— Stoj, gade! Čuješ li! — pritrči žandar do jele i udari kundakom penjača među pleća.

Zastavica sleprša na zemlju, a Vita se skrušeno spusti i pruži po tlima.

— Jao, mogli su pripeti odmah trobojku na jelu! Nek bi se žandari penjali. Lud narod! — zašapta lajavica.

— Ni naši stari nisu tako radili! — odbrusi joj glasno djed Grgurić.

Odjednom zazvoni zvono na stranu.

— Vatra! Vatra! — odjeknu povici, a sa dna sela podigne se gust dim, pa golem plamen.

— Joža Crni gori! Joža! — završti gomila i jurne niz put.

— Oh, kad bi imali pamet, pa da ga bace u oganj! — dobaci Grgurić mirno.

Žandari se ozru, prebace puške na ramena i požure za ljudima.

Mladići podignu Vitu. Jedan zgrabi zastavicu i počne se penjati. Popeo se do pola jele. Dalje nije mogao. Spusti se dolje.

— Žurno, momci! Žurno, dječice! — govorila je drhtavo baka Ravnova, dok je odjekivalo iz daljine vriskanje i trka, a putem su treskala kolica vatrogasne štrcaljke.

— Isuse slatke, što gori! — poviče netko, i sve oči upru se u plamen, koji je lizao k nebu visoko, razmahan vjetrom kao ogromna zastava.

Ni slijedeći penjač nije uspio.

— Ne klonite, dječice, neka još netko pokuša! — junačila je bakica momke.

Vlado, popni se ti! — gurne, ustreptala srca, Nikica Čičkov svog prvaka.

Ovaj skoči, uzme trobojku i baci se na jelu. Kao mačka uspinjao se do polovice, iskoriščujući svaki smogor, svaku zasjeklinu. Brisao je žustro dlanove o hlačnice, prislanjao uz deblo sad koljena, sada tabane, sad gornji dio stopala.

— Žuri, Vlado!

— Pričvrsti, janje moje!

Buka s garišta slijegala se, plamen jenjavaše.

Vlado Ravan izvuče iz pojasa barjačić, pridržavajući se za jednu granu da ne pođe natraške, i progura se kroz krošnju do vrha. Prisloni držak zastavice k tankom izdanku i prstima vješto smota žicu oko obadvoga.

IVAN GORAN KOVAČIĆ

— Silazi dole! Skidaj to! — režao je izdaleka narednik u trci, pod teškom opremom. Za njim skakaše žandar s puškom u ruci.

— Ne skidaj, sinko! Ostavi! — vikne baka.

Za žandarima valjalo se čitavo selo.

— Pucam! Skidaj, silazi... pucam! — uperi žandar pušku i škrokne zatvaračem.

Vlado je stajao mirno na vršku, priljubivši se grčevito uza stablo.

Iz krupnih oblaka, koji su se valjuškali nisko nad ljudima, zaromoni prsak. Čulo se kako sitne kapljice odskaču u bari.

— Silazi! — rikne narednik i poleti k jeli.

— Nemoj, janje. Ostani gore! — vikne baka, a žandar se okrene i udari je po glavi. Starica se sroza.

Mališ stajaše na mjestu, prirašten uz deblo kao guba.

Karabinka grune ljutito i zastavica na vršku zadršće.

— Seci jelu! Ruši je! — izmahne narednik kundakom na momke, kraj kojih je ležala sjekira. — Seci!

— Sijeci ti, ako smiješ! — oprse se momci odvažno i blisnu očima.

Narednik pograbi sjekiru i zasiječe, dok je žandar stajao sa zapetom puškom, okrenut k mnoštvu. Zastavica na vršku zatreperi.

U narednikova pleća udari kamen.

Prasne puška na gomilu.

— Dole! — razviče se žandar i opali na vršak.

Jezovit vrisak probode srca.

Mališu vrh jele klonu ruka na grani i poteče krv. Žene zajauknu, pokriju oči. Djeca zaciče.

Odjekne mukli pad...

Duboko zasječena jela, uzremećena sunovratom dječakovim, nagne se na bok, i uz krsak, lomljavu i šumor složi se duž ravnice, preko puta, zaronivši krošnjom u mlaku, iz koje pljusne visoko voda.

Osviještena baka skoči u luđačkom zapomaganju, urliku i bježanju do unuka, koji ležaše krvav, izlomljen, bez duše... Potkoljenica se prebila. Kroz kožu provirila prepukla kost, niz koju je kapkala gusta, crna krv...

Na nebu isprsiše se oblaci i istakoše na grudi dugu kao trobojku:

— Skinite je, skinite je, đavoli! Skinite je, ubojice! — jecala je bakica mahnito, van sebe, upirući prstom u nebo.

Mrka seljačka svjetina okružavala je žandare, slična stoglavoj zmijurini. Ogradila ih poput šume, poput zida, nalik na visok taman talas. Opkoljavala ih kao crna, munjevna oblačina...

Kresnu dugački plameni.

Dvocijevke zagrme.

SEDAM ZVONARA MAJE MARIJE

U nedjelju ujutro sjedne Jura Grešnik za stol s olovkom u ruci. Dugo je gladio papir pred sobom otpuhivao s njega palu prašinu i namještao među oteklim, tvrdim prstima odviše tanku i laku olovku. (Da mu je prvenac Branko kod kuće, on bi samo preletio pisaljkom po papiru!) Stade se već ljutiti i gužvati rubove arka te zamalo da ne skoči u vežu i iskali se na ženi. Mogla je prokletnica da dokraja istraje u borbi s njime, pa ne bi Branko po opetovnici otišao u šegrte, daleko od njega! Ionako je njegovo srce malone odmekšalo i prionulo za sinovlji ostanak.

Opotio se i nabogohulio. Napokon zovne ženu i pročita joj pismo:

Dragi brate!
Javljam ti da sam po kosio do plota i daje kodnas suša.
Zemlja je rupičasta poput rešeta kroz koje jesve Propalo štosmo posijali i Zasadili. Blago samo slini i neće ko ni strvina da Mahne repom na muhe, njive zjape žedno na hiljade usta, sjenokošesu tamne kao garišta a sijeno je Pusto i kržljavo poput dlake. Volovi ga mogu U gubicama ponijeti kući. kukuruzi Su do koljena a Klipovi se na njima kese Mrtvački. Vodu ljudi voze u Bačvama iz Riblja, ali Treba zato imati Volove i Kola i vinske bačve! ti znaš kako je daleko do kupe cestom. Voda za dva Dana o bljutavi i zalegne se uskoro crvima. žene Kukaju i strežu Pitku vodu na vrelima po čitave noći, a kaplje Kap pokap kaodaje Rakija. Vinogradi nisu bolesni Ali su grozdovi patuljasti i rijetki. Ozrnali se sitno kao borovica.
Dragi moj Brate menije naj gore. Djeca Razjazila usta kao pilići. Da im utolim Izgrćem krumpir Akad bi ga vidio. Rekao bi tosu lješniki. Pare niotkuda. kravu Dojim i na njoj Vozim Ako pođem drugom nanadnicu zasol i za šaku Palente Kotkuće sve poleti natrag kao kola niza strmac.
A sada je Brate došlo i Najgore. Žena mi je pred tri dana Rodila osmo dijete. Dreči se Nebilo ga i neda joj ma knuti odsebe. Hoćeš li u polje trče zatobom po putu. Jauču za materom. Danije žene vec bi ih po bio kao Miševe.
Dragi moj brate imam još tebe Jedinog nema nade Ni odneba ni od zemlje. Smiluj se djeci pa ot kini odsvojih usta.

Znam da i kod vas necvatu pečeni Hljebovi Ali tisi već dva-
deset godina tamo i svi kažu Koji dođu kući da dobro Živiš.
Dragi moj brate toma Ovoj osmoj sirotici na djelismo
tvoje Ime pa se i Ti sjeti nas.
      Tvoj brat,
         J u r a

Materi navreše suze i odlazeći za poslom krišom ih otirala i
šmrcala u djetinju krpu. Muž sjedne još smrknutiji natrag za
stol i ispiše pažljivo adresu kakovu je dobio od Amerikanaca:

Mr. Thomas Greshnick 100 W. 10 th street Johnston city
Ill U. S. A.

Otkako je poslao pismo, Jura se češće propitkivao kod
trgovca, koji dijeli seosku poštu, da li je za nj stigla kakova po-
šiljka. Stare vještice koje redovito primaju dolare od sinova i
kćeri, a okrutne su kamatnice čitavom selu, ismijavahu njegovu
brižljivost. Neke od njih bocnuše ga: — Jura, ne bi li ti, kažeš,
još deveto poštom poslali, a?! Ali najednom pročita trgovac
među dobitnicama američkih listova i Juru.

Mr. Juraj Grešnik selo Grešniki Post Lukovdol Gorski kotar
Croatia Europe

Jura odbrza kući, vikne uzradošten ženu i razdrlji grozni-
čavo veliku kuvertu, crnu od žigova. Počeo je čitati visoko, dr-
htavim grlom. Ujedanput prelomi mu se glas potamni, utihne.
Donja mu usnica uzdrhtala i pomodrila. U grčevito stisnutoj
šaci drpao je list.

Brat mu odgovori ukratko:

Dragi Jura!
Pišeš mi da imaš osmero djece.
Dragi brate, pljuni preko praga, a ne u kuću, pa ih više
nećeš imati!
      Toma

*

Stari Rok, zvonar župne crkve Majke Marije, već trideset
godina užiže svijetnjake nažigačem, dodaje župniku škropilicu
s blagoslovljenom vodom, prostire oltarnike i oprašuje sjedo-
brade Božje ugodnike po žrtvenicima. Neće se oni naljutiti na
njega, bili nam na pomoći sada i u času smrti naše, ako im
otare nos prljavim otarkom i opraši svete postole — jerje i Roko-

va brada bijela i časna. Čini se kao da je sišao s oltara svoga ne-
beskog zaštitnika i ushodao se hramom da izgrdi sramotnike,
okudi pretvorice i opadnike, da naruži spletkaruše i suložnicama
pokaže metlom vrata kuće gospodnje. On prima darivaoce i
obećava hvale svetačke. Sveti Ilija, ti ćeš poštediti njive Valenta
Muhe, poklonika Tvojega! Sveta Agato, čuvaj svinju Magde
Mlač, pokornice Tvoje, koja je donijela Tebi u slavu zdravo,
debelo pile; i (ako se krme po Tvojoj milosti, zagovornice naša,
iskoji i utovi) mora Magda Mlač na čast Tebi donijeti o kolinju
jednu nožicu ili rebarce. Sveti Rok, čuj me i usliši me, Ti, koji
dopuštaš imenjaku svome nedostojnom, crvu zemaljskom, da
Ti očisti presvetu obuću Tvoju prije nego drugim svecima, da
utamani pauka nečistog što skvrni Tvoju bradu prečasnu. Sveti
Roče, ugodniče Božji i rajski imenjače moj, čuvaj bika Mike
Fabca iz Močila, kuće broj 34. (Da se ne bi, ne daj Bože, zabu-
nio i štitio onoga gada, onu propalicu i nevjernika iz Jadrča
koji Ti nikad ne donosi poklon nego ismijava sljednike zapo-
vijesti Gospodnjih; a Tebe — potari ga Sveti križ — stoput na
dan sruši s prijestolja Tvojega!) Sveta Lucija, Sveti Toma, Sveti
Franjo, Sveta Ano, Sveta Marijo, majčice Božja! — On nago-
viješta već trideset godina godove svetačke i prebire sitno
čekićima na velikom zvonu o objavi Uskrsa i Božića, na dane
slave i dike Gospodnje. A za djelatníkâ trnu na golemom ne-
beskom lusteru ustreptale zvijezde od njegove zvonjave o po-
zdravljenju sunca. U gorama i na oranicama zaustavlja o podne
težake da založe. Svakoga sumraka probudi u poljima hiljade
cvrčaka, i njihovi srebrni praporci pozvekuju prateći raspjevalo
zvono kao ministrantska zvonca za podizanja. Zadnji glasovi
tuže s tornja za pokojnicama i neutješljivo oplakivanje sa zvo-
nika razveseljuje srca nasljednika tim dulje što više novčića,
spuštenih njihovom rukom, zvecka u Rokovim džepovima.

Posljednjih godina ostavi staroga razbornika rasudljivost,
ili — kako tvrdi ženski svijet župe — opsjednu ga đavao. Za
svete mise, dok bi se u općoj šutnji čuo samo glas svećenika i
brujanje ministrantskih odgovora, on stane iznenada iz puna
grla kleti lemozinu koja se negdje zavrgla; ili počne ružiti
kojega od prisutnika da mu je dužan zvonarinu i kako ga pri-
kratio za dar o Trim Kraljevima. Čuli su ga često župljani gdje
za vrijeme čišćenja crkve razgovara sa svecima u molitvi i
naziva župnika svetokradicom, jer je — Bože, očuvaj nas od
kuge, glada i rata — potajice prodao drva iz župne zajednice i
prisvojio crkvene prostirke! — Oružnike ću mu dovesti, sveti
Roče, oružnike!... Oče naš, koji jesi na nebesima... Cigan! Nije

znao ni da se okrene pred oltarom dok mu nije Tvoj imenjak preponizni pokazao... Neka se sveti ime Tvoje i neka dođe... A sada u litanijama spominje neke svece golobradce koji nisu spodobni ni za vaše šegrte... sveti Ilija, sveti Petre, sveti Matija, sveti Luka... Fuj, lopovi, prevaranti, lupeži idu u crkvu i kleče, prokletnici, gnusnici, idolopoklonici, sinovi đavolji... Na čast majčici Božjoj snježnoj, majčici Božjoj bistričkoj...

A župnik ga optužio pred krštalnicima da neprestano ispija pričesno vino i onda pjan svetogrdi. Pobitanžio se! Ne može da bude takav čovjek crkvarom!

Ali crkveni odbor uze Roka u zaštitu. — Neka ostane — rekoše — do jeseni; pa kada primi crkvarinu, uzet ćemo novoga zvonara.

Velečasni se usprotivi i prijavi žandarima krađu u svetohraništu.

Međutim, za par dana udari ga srčana kap na propovjedaonici, i umre.

— Rok je Božji ugodnik! — zaključe na sprovodu ukopnice, potvrde svjećonoše i pobožnici pod nosilima.

*

Ispod iskićenog slavoluka uđe novi duhovnik kočijom u župno selo. Mlad i okretan iskoči iz vozila, preleti ružama osut put i skrušeno klekne pred crkvom.

Drugi dan stari Rok okreše brkove i obrije bradu. Ponuždi se pred novodošlim župnikom i zaište blagoslov. Videći skrušenika, podigne mladi svećenik ruke i obrati k nebu oči.

Zajecaše bogomoljke.

— Rok nam navijestio da je novi svećenik u milosti nebeskoj!

— Kako je lijep zaručnik crkve Marijine! — zažagori u grupama.

Dva dana klečao je Rok nepomično pred svetištem i savijao se do tálâ govoreći: — Blagoslovljeno ime njegovo!

Nitko se ne usudi da ga smeta.

Treće jutro našli su ga kruta i hladna, poklečke naslonjena na toranjski zid.

Mladi župnik održi svoju prvu propovijed i rasplaka vjernike Rokovim primjerom:

— Gani srca naša, Ti koji si nad oblacima, da nam nikada ne zaklone Tvoje lice, kako bi uzmogli slijediti usku stazu kojom je pošla duša Rokova! Onda, kršćanska braćo, nikada neće biti oluje, tuče, ni zla vremena, i bilo kakove nesreće u ovoj župi;

dok budem, milošću Previšnjega, ja među vama, i dok nitko od vas bogumrsko ne sagriješi! Amen.

I, zaista, proroštvo se ispunilo!

Te iste nedjelje velečasni priredi veliku procesiju da blagoslovi žedna polja, usahla vrela i žute livade. Stade pod nebo, koje su nosila četiri momka, i povede divnim grlom drhtavu pjesmu.

Nebo je gorjelo u suncu.

Ali kada procesija krenu kući, osvanu iznenada laki oblaci, zastru vrelo sunce: jarosno oko Božje; i orose polja, tiho kao malo prije molitveni šapat vjernikâ.

— Bog ga uslišao! Bog nam odgovara!

Kod razlaza pričali su nebonoše kako se velečasni stužio nad žalosnim usjevima, a niz obraze potekle mu suze te kapahu na zemlju. — Onaj čas pomrkne nebo i zakiša.

Tri dana sipila je blaga porosica. A četvrto jutro ustavi se dažd. Podigli se raskinuti oblaci kao krošnje nebeske i sunce, zlatna jabuka, zablista među njima.

Ozelenješe livade, uspravi se kukuruz, okrupnja krumpir i sočne jagode u grozdovima. Nabreknu mati zemlja kao dobra rodilja. Potoci zažuborili, vrela se natočila, a Kupa nabujala i zagrabila snažno lopatice mlinskih točkova. Okrenuli se žrvnjevi i samljeli ranicu raž, dok su dosada žitelji siromaški tucali zrnevlje u koritima, da se prehrane.

Sazrenule naskoro njive, ožutjeli voćnjaci. Granu bogata jesen!

*

Djeca Jure Grešnika igrahu se povazdan na brežuljku oko župne crkve, jer njihov je dom najbliže svetištu. Sve sedmero su djevojčice, jedna drugoj do ramena, a jedini brat im Branko živi tamo daleko, za planinama, kuda pokazuje prstićem trogodišnja Tuga kada je tko upita za bracu. Deset godina stara Branka čuva sestrice: Zorku, Ankicu, Nevenku, Tugu, a na rukama nosi šesnaestmjesečnu Tončicu.

Kao lastavice što oblijeću jabuku na tornju, lete i cvrkuću djevojčice igrajući se okolo zidina Majke Marije. Mala Tončica zagrca se u smijehu kada je koja od sestrica hoće da dohvati, dok je Branka podiže na rukama, odmiče u trku ispred njih i sakriva se s Tončicom u naručju za zvoničke stupove.

Od svih igara najradije bi se djeca igrala "raja".

Jedna od njih bila bi paklenik, đavao koji traži sakrivenu žrtvu; a kada je otkrije, bježi ova u raj, da se spasi. "Spas" je nisko spušteno uže maloga cinkuša koje mora "duša" da dohvati. Tako bi cinkuš svaki čas kroz dan sitno zajecao, a djeca bi se strčala i nagrnula pod zvonik u strepnji da ih vrag ne zarobi.

Utrčavala bi u crkvu pod klupe, sjedala u mrak ispovjedaonice i sakrivala se uvrh kora, iza orgulja. Gledali ih strogo sveci s pilama, mačevima i kopljima u ruci. Ovo nije igraonica! Sad ćemo vam otpiliti glavu, odsjeći uho, grešnice, nestašnice! Gledaju isto tako kao Rok dok je vikao na njih kada su htjele samo malo, samo malo da zavire izbliza u male anđele koji prše po oltarima, dižu nestašno nožice i hvataju jedan drugoga u letu.

— Koji je od njih vražić? — kopkalo dugo u maloj Tugi, ali se nije usudila zapitati Branku, koja stavlja prst na napućena usta i ušutkava Tončicu što pokazuje na sliku svetog Alojzija i glasno brblja: tata! tata!

A Nevenka bi snivala čitave noći kako se igra s anđelima i leti oko oltara. Probudivši se ujutro, posezala bi ručicom za svojim lopaticama i onda se prikradala do oltara da vidi gdje rastu anđelima krila — ali anđelići su letjeli visoko, previsoko da bi ih mogla dirnuti rukom ili pogledati izbliza.

O podne odlazile bi kući, jer se onda mati i otac vraćaju s polja. Mati stavi na stolić zdjelicu repe ili zelja, pa komadić kruha ili krumpira pred svaku.

Tuga bi redovito ostajala gladna, jer Branka ima najveću žlicu, a Nevenka jede brzo kao zec. Kad su opet roditelji otišli na njive, ona se pitala: bi li se koji od anđela nasitio jednim krumpirom? Onda odluči da u podne neće otići na objed, nego će ostati u crkvi sakrivena, da vidi. Ali stari Rok je uvijek baš o ručku dolazio pod zvonik da odzvoni, obilazio oltare, skidao paučinu i tako strašno vikao na anđele u crkvi kao otac na njih kada se svađaju o kruh.

— Sigurno je jedan od anđela ostao gladan! — zaključi Tuga.

A kada je Rok umro, ona zaboravi da to istraži, jer su sada nesmetano ulazile u crkvu i bez bojazni skakutale okolo bradatih svetaca koji su tako ljutito sijevali očima, i sigurno bi se izderali na njih — kao Rok — da nije na velikoj slici o pročelju (kako im rastumačila mati) dragi Isus, okružen dječicom, digao ruku govoreći: Pustite k meni malene!

— A starog Roka zato više nema jer nije slušao dragoga Isusa, pa ga Bog pozvao preda se! — rastumači Zorka sestricama.

U kasnu jesen posjeti g. župnika visoki crkveni dostojanstvenik. "Vaša presvjetlosti" govorio mu velečasni i strepio da se ne ukalja duga haljina gostova sa crvenim optocima, o pasu usko stegnuta širokim svilenim pasnikom, također crvenim, koji mu lijepo padao niza suknju.

Dolazeći iz šetnje u crkvu, opaze Jurinu djecu kako se igraju i ređaju uza zid jer ih je "davao" zarobio.

Župnik se nađe u neprilici i požali što nije izvidio stanje crkve prije nego su k njoj svratili.

— Ta su djeca tako slična! — udivi se dostojanstvenik.

Župnik odahne:

— Da, Vaša presvjetlosti, to su djeca jedne matere!

— Kako su lijepa! Ne čine li vam se, kada su ovako poređana, sitna i jedno drugom doramče, kao pisnici na orguljama? Bit će da su im glasovi takovi! Divan kor anđela!

Velečasni potvrdi i pozove blago najmanju:

— Tugo, dođi ovamo!

Brankica i sestrice, zbunjene u igri, klecnu koljenom i pozdrave.

Tuga pođe prestravljeno spram g. župnika, netremice gledajući u njega, zaprepaštena prisustvom gospodina s crvenim pojasom.

— Daj, Tugice, zapjevaj onu lijepu pjesmu.

Dijete malo porumeni, pa onda plaho podigne ustreptali glasić:

Ticice lijepo pjevaju,
Nocu na gnijezda sjedaju;
Takova tica jesam ja,
Sto pjeva zdlavo Malija!

— A onu o tvom braci!

Mala sigurnije zapjeva novu pjesmu.

— Lijepo, lijepo, Tugice! — reče Njegova presvjetlost i podigne dijete.

Na povratku zanimao se uzvišeni gost za dječje roditelje.

— Imaju samo oca i mater, Vaša presvjetlosti!

— I slabo žive?

— Mati, Vaša presvjetlosti, često plače, jer muž u ljutosti saziva pomor, a djeca su zdrava kao drijen. I pametna su!

Dostojanstvenik prekine župnika:

— Vi nemate zvonara?

— Ne, Vaša presvjetlosti! Ljetos je stari zvonar umro, a po običaju ovoga kraja župljani biraju zvonara o Svim Svetima. Zasad vrše tu službu krštalnici, naizmjence.

— Dakle, nastojte da bude otac ove dječice zvonar!

Tako po Svim Svetima crkveni odbor pozove preda se Juru Grešnika i ponudi mu zvonarsku službu.

— Pet dinara po kući godišnje ili namirnica u toj vrijednosti. Pet dinara po novokršteniku i pokojniku. A što ti je dužnost, znaš! — reče Luka Leš, odbornik.

— Pazi da zvoniš na oblake. Ako zanemariš zvono, razjarit ćemo Boga, i pobit će nam tuča ljetinu!

— Onda nema zvonarije, nema plaće!

— Nema plaće! — slože se ostali.

— Rekao je velečasni, posvetilo mu se ime, kada je k nama došao: Nikada neće biti tuče, ni zla vremena, i bilo kakove nesreće u ovoj župi, dok budem, milošću Previšnjega, ja među vama — i dok nitko od vas bogumrsko ne sagriješi! opomene prisutne drugi odbornik.

— Ne zvoniti u znak pokornosti i straha pred Božjom svemogućnosti, za vrijeme srdnje Njegove, velik je grijeh!

— Velik grijeh!

Te večeri je Jura Grešnik prvi put povukao za užad pod zvonikom, okružen radosnim gugutom svoje djece, koja su povlačila zajedno s ocem za okrajak uzeta.

— Bom! bom! — zvonila je brbljajući mala Tončica u Brankinu naručju i radosno pljeskala ručicama.

Lako je biti zvonarom — govorili Juri bogomoljci na ranim misama. — Kod kuće odeš u štalu, uzmeš dojilnicu i muzeš, natežeš pusto vime — a mlijeko poput rose jedvice poprska dno. Odeš li malo pod zvonik, potegneš za užeta bez žurbe, polako, kao pod najpodatnijom muzarom (jer si siguran da ti neće kablicu prevaliti, mlijeko isuti) — a s jeseni otkidaju se desetače od ruku vjernika kao lišće s grana: kaplje milo sitniš — da ne trebaš u to doba u crkvi kod pričesti posezati za zvončićima, nego samo zazvekećeš potresavši punim džepovima dinara i dvodinarki!

— Mati Božja sedam žalosti — dodavale bi snebivljive trećoretkinje krsteći se lijevom i desnom: — Na rešeto, Jura na rešeto više dočekaš pod zvonikom! Ogazdit ćeš se zvonarijom, mili!

Podiže Juru želja da otrovnice stare tresne po lajalu — ali uvijek sobom ovlada.

Opomene se kako je pred dva sata ostavio vreli krevet. Podigavši se na rukama i nogama, nečujno se odmaknu od ženina tijela i cvokoćući zubima otrči kroz mrak, da prvi put oglasi službu Božju, izbudi pijetlove po stajama i mlade parove pripoji u grč ljubavi.

Usnuo bi na užetima od umora da ga grmljavina u tornju ne osvješćuje, i da mu poluga razmahanih zvona ne povlači za sobom olovno tijelo i kruto ga obara natrag na noge. Zatim ode u štalu, baci volovima u jasle nekoliko rukoveti sijena, pogladi kravu, koja se bučno podiže s ležaja, i odvuče se k hrpi bujadi gdje klone dremovan do druge zvonjave. Bori se tako s teškim utegom sna i umora. Odzvoni drugi put. Sada već stižu prve babe i po klupama šušketaju zrnjem krunica kao miševi lješnicima po crkvenim rupama.

Mora svakoj tiho nazvati Isusa.

Prolazeći crkvom između njih, mora pokleknuti pred svakim oltarom, pred svakom slikom.

Mora umočiti ruku u svaku zdjelicu sa svetom vodom. — Zvonar, a svetogrdi! — govorile bi zlovoljno da tako ne čini.

Mora dobro paziti da se ne prenagli, jer mogao bi u žurbi pred glavnim oltarom površno oboriti glavu i tek dotaći se šakom prsa — a one budno prate zelenim okom koliko će pasti odmjerenih udaraca. — Zvonar, a nevjernik! — crnile bi ga inače na izlasku, ogovarale po kućama.

U sakristiji obuče gospodina župnika, stegne mu tanku suknju u pojasu, izravna lijepe nabore. Tada pod modrim smrznutim jagodicama prsta osjeti toplu, debelu odjeću, u kojoj neće velečasni zadrhtati makar mu kod svake riječi za molitve izlazi iz usta vidljiv dah. Gospodin župnik kleči na debelom ćilimu, i još mu podmetne svileni jastučić, da ne ozebe. A on ne smije da se približi velečasnom na sag. Ledene mu se koljena. Kada treba da prenese evanđelje, čini mu se da hoda po štakama. Nesiguran je. Zelene vještičke oči u klupama blistaju ispod vunastih rubaca, nadziru svaku njegovu kretnju. Golijen mu pucketa, ali on ga mora sviti s teškom knjigom u naručju. — Stari Rok je koljenom udario o stepenicu da je zatutnjilo! — padali bi u protivnom slučaju prigovori vjernica.

Dobacuju mu župljani:

— Svi mi uzimamo sebi da tebi damo u jesen. Kao gospodin šetaš crkvom. Neprestano si u blizini milosti Gospodnje i moći Svetootajstva. Moliš mnogo i gradiš stepenice svojoj duši u raj — a molitve su ti plaćene!

Sluga ima jednoga gospodara, a njemu stotine zapovijedaju. I oni najljeniji i najnevredniji u selu mogu ga pozvati na red, mogu mu reći: ja te plaćam; mogu ga ražalostiti, mogu ga ismijati. Onaj sluga smije da se otrese na konje, na govedo, na psa, na mačku, smije da kletvom iskali svoj bijes zbog nepravde.

A on mora nazivati blago Isusa i odgovarati smjerno na molitve kad ga obuzima drhat jarosti i gnjeva.

*

Mati jedanput u mjesecu presvlači žrtvenike, preodijeva male anđeliće, svece i svetice. Blistaju od bijelosti ukrućeni kaležnjaci, svetački oprsnici, oltarnici, trpežnjaci i sitno načipkane koprene, te se ne razlikuju od pjene sapunice. Oprane zavjese, vrpce, upleci, svilene haljine i dugačka providna povlaka s kipa Majke Marije — sniježe se na kupu nalik na oblak kojim Ona plovi u nebo.

Jednom se Tuga rasplakala nad haljinicom nekoga anđela: — Mama ga više voli nego mene. On je ljepše obučen! — Kad je mati iz grcavih riječi uplakanog djeteta razabrala što se zbiva u maloj glavici, tješila ju: Tugice, Majka Marija je mati svima anđelkima. Ona ih oblači. A kad budeš tako dobra kao anđelak, i molila se mnogo Majčici Božjoj, dobit ćeš i ti još ljepšu opravicu od ove.

Otada je Tuga svake večeri dugo ponavljala u krevetu par naučenih molitvenih rečenica i ustrajno se krstila.

Ipak nije već anđeliće onako jako voljela.

Ni svetaca se nisu više plašile. Gledale su kako otac pere vodom njihova mrka lica i metlicom im oprašuje haljine — a oni samo šute i strpljivo podnose. Otac ih nazuva i razuva kao pokojnog djeda koji je bio nemoćan od starosti, pa se neprestano ljutio na sebe, na njih i zvao Boga da ga k sebi uzme, da umre.

— Naš se tata ne boji ni svetoga Ilije ni svetoga Petra! — oholila se Nevenka u djetinjem društvu.

Za studene zime ne mogu djevojčice Jure Grešnika van, dok druga djeca vrište spuštajući se na saonicama niza seoski put. Slušale su kako otac tiho kune i s mržnjom izgovara imena svetaca, vrativši se gladan, promrzao i ukočen iz crkve.

Grdna bijela neman pružila šapetine s dugačkim ledenim kandžama u selo, položila ih preko pećina i krovova. Kitnjast, igličast rep savila po vrhovima šuma. Ali, eto, potegnu silna sunčeva vojska zlatne mačeve, baci s visine dugačka usijana koplja i tisuće sitnih, plamenih strelica sasu na strašnu grdosiju.

Provali krv: zagrgoli po putovima, zašumi po livadama, zabuči niz planinske proplanke i strmine gorske.

Odjednom zacvrkutaše oko toranjske jabuke laste, a vrapci počeše krasti slamke ispred štala, s gnojišta. Zorka dobila novu zadaću. Učila je napamet: Proljeće je.

Na brežuljcima pozdravljale toplo sunce fanfare žutih jaglaca.

Iz Šepčićeva tora iskočili bijeli kovrčasti jaganjci i zazveketali sitnim praporcima o vratu.

Čudile se njihovoj igri snježne georgine u cvijetnjaku, pruživši radoznalo visoke, tanke vratove preko niskog plota.

Matica Cvrčak, nazvan Pištalica, opet je klečao kod ploče, jer je orahovom fućkalicom smetao obuku.

A Toša Tičar, Maglica — ustao u praskozorje, pogledao iz svoje samotne kolibe plavo nebo, zasukao hlačnice do koljena, zadjenuo za klobuk zelenu grančicu — i odlutao u bijeli svijet.

I Jurina djeca pridružila se lastavičjem cvrkutu. Poletjela oko tornja, navalila pod zvonik, potegla za tanko uže, i na jecaj maloga zvonca pocikivala radosno.

Ali već drugi dan, prije odlaska s majkom u polje, pozvao otac ozbiljno Branku preda se i naložio joj da potiče vatru i pristavi objed — a što je najglavnije, neka otrči u župni dvor, neka pogleda na sat i onda odzvoni na vrijeme podne. — Poslovi se nagomilali. Ja nemam vremena, mati još manje — dosta je bilo igre.

— Zorice, ti otjeraj Svilenu na pašu. Nemoj se zaigrati, pa da ti kravu poljar izagna iz kvara! A ti, Ankice, obazri se za pilićima. Juče je jastreb Mikićima pred samom kućom ugrabio pače. Čuvaj Tončicu! Ne misli samo na cvijeće u polju! — naređivala je strogo mati s motikom o ramenu.

Otac je na puna kola đubra bacio plug i ornice, a mati posla iza voza, da zakrene zaviračem u nizdolici.

— Bogumila trgovčeva — pomisli Branka — šivat će danas haljinicu svojoj bebi.

— Da sam još makar tako mala kao Tuga ili Tončica — željela je Zorka — ne bih morala na pašu.

Po dalekim prisojima i dolinama izvlače orači teške plugove. Sijačice mašu desnicama širom njiva. A volovi se mučno pomiču uzduž brazda.

*

Iz dana u dan nakupljaju se poslovi. Zvonar odlazi sa ženom na njive, u polje, u koševine. Izbiva preko dana, a crkvene poslove prepušta djeci.

Branka zvoni podne, "zadnje glasove" za mrtvacem. Naviješta blagdane. Redi crkvu: otire prašinu s klupa i klecala. Zorka odnosi na smetnici uhrpano smeće. U čabru donosi vodu za odapiranje čaša, očađenih tuljaka, kamenih ograda i oltarskog stepeništa. Mala Tončica četveronoži po pločama brblja nerazumljivo i praska skupljenim ustašcima. Zavlači se u ispovjedaonice, gmiže u mračne zakutke. Ostale sestrice igraju se oko crkve, ulaze na prstima u lađu, penju se na prodikaonicu, na kor, u toranj, smiju se, vode razgovorke, pocikuju. Bivaju sve glasnije, sve nestašnije.

Uzbjesne pričesnice, Božje skrušenice. Uzbučaše Bogobojaznice:

— Žene drage, zirnite malo u crkvu, odškrinite vrata, za ime Božje!

— Gazdama reci, Bara, gazdama. U krčmi paze da li su čaše čiste, hulnici, lupeži, da li su stolnjaci prostrti, samo da mogu pozvati kelnericu preda se, da zadirkuju, da je osmotre, poglade razvratnicu; a hram Božji, a svetice nebeske djevice rajske — deseta im briga!

— Za pet rana Božjih, Mare, ne štiti gnusnice. Gle Boženu! Dobro kaže Bara — one su krive, one! Zašto muža ne privežu za kuću?! Ali da — i njima je mila čašica! I u njih je kosmat jezik, krv prljava.

— Slatke moje, djeca crkvom gospodare. Derčad skvrni oltare, onečišća svetinje. O Bože, o Bože! Zvonara imamo, a on đubre prevrće, krmku podastire. Žena mu odlazi ispod vimena kravljega pred lica svetačka. Ona mijesi tijesto za hostiju.

— Ne spominje velečasni uzaman s poštovanjem ime Rokovo. Rekao mi neki dan: Draga Mare, vi znate — je li on ikada ostavio crkvu, je li ikad zapostavio svjetovnim stvarima?! — Nije, velečasni, nije nikada — potvrdila sam. — Nikad nije odlazio u krčmu, nego je naglas napadao besramnike i suložnice, i spletkaruše i pretvorice. Upadao im grdnjama usred lažnog molitvanja, tjerao ih iz hrama Božjega. A ovaj — odlazi s njima u gostionicu, kune krišom kod kuće i kroza zube promrsuje kletve za volovima, kao da je Mata Gorse, kao da nije zvonar Majke Marije. Sveta Bogorodice odvjetnice grešnika — pa da nas ne zapustiš, pa da nas ne kazniš!

— Djeca mu se hvale po kućama kako njihov otac ne strahuje ni pred Bogom ni pred svetim Ilijom!

— Isuse blaga i ponizna srca!

— Smiluj nam se, Gospodine!

— O babetine, lajavice, čađava vam duša, garava jezičina.

Kreposnice — u mladosti hodate noću na brst u šumu, iza kućnih uglova za strancima zviždukate, a sada prevrćete očima, pretvornice, pocikuše stare. Nije li vam dosta što ste Roka u ludilo natjerale?!

— Grba, grbavo ti ime, nakazo.

— Gade, trčao si za nama, nametao se, dosado.

— Aha! Krivo ti još i danas, nevoljo. Trčalico sirotinjska, naprosio se po čitavom kotaru — a nijedna se ne nađe da otrijebi gamad u tvom usinjaku, u buharnici pustoj; da s tobom srče smrdljivo kozje mlijeko, gladnice, dobjeglice!

Adam Grba, samac, okrene se prezrivo.

Iza krupnih lipa izvirivala rasplašena djecica.

Odbornik Luka Leš nagovori još iste večeri zvonara:

— Gadovi su babe, dragi Jura, ali valja da i sâm priznaš: tako se dalje ne može. Nego ti gledaj da uzmeš težaka na pozajmicu, ili da ti dade koja kuća nadničara u ime zvonarije. Božji su poslovi, dragi, važniji, njihovo je prvenstvo. Predbacuju da točno ne uzvraćaš kod obreda — a ti nauči. Odbit ćeš i velečasnoga od sebe, koji ti je toliku milost iskazao. Znamo svi mi, teško je gledati kako usjeve korov zagušuje, kako zalisci grozdove zasjenjuju a kukuruz žuti neokopan. Hiljade poslova, hiljade briga. Ali, dragi, zato te postavismo crkvarom — da za nas Bogu služiš, da mu ugađaš, a mi da mirne savjesti vršimo zemaljske radove. Upamti proročanstvo koje je velečasni izrekao — na tebi leži odgovornost.

I to je — — zausti Jura istiha, upre oči u podnice i zanijemi.

Kada je prijekornik otišao, zvonar gurne grubo nogom Tugu — koja se držala njegove hlačnice i promatrala crkvenog oca — opsuje teško i nestane u noći.

Za njim je poletio dječji vrisak, skočio mu na pleća i kao kobac zabo oštre pandže u vrat, u hrptenicu.

*

Uzbujala ljetina. Gospodarice miluju očima sočne zelenike u kojima se zazelenio prijesad. Zašumjela po dragama jezera lana i konoplja. Pošuškuje kukuruz o bokovima brežuljaka. Na poljima talasa vjetar kao more oklašene usjeve: dižu se i padaju teški valovi u svijetlotamnim prelivima gubeći se unedogled. Gospodari se utruđuju uzbudljivim šetnjama kroz vinograde u kojima su mladice visoko šiknule, a na gustim grozdovima otrunio se cvijet te bubre jagode. Mirišu bujni travnici, i savijaju se do tala oplođene grane po voćnjacima.

Susretnu se zadivljene gazde:

— Sreću Bog daj!

— Dao Bog, susjede, pozlatila nam se muka, eto, posrebrio plug i motika!

Negdje u hladu krošnje kosac klepa kosu, i padaju odmjereni odjeci kao da srce zemlje radosno udara.

Baka prigrnula u tople večeri unuke pred vratima i raspričala se blagosiljući:

— Oh, dječice, ne pamtim takove godine. Nego pričao mi djed, dok sam bila sićušna kao vi, mili, da je jednom urodila godina tako te su morali ubirati zelene jabuke da plod prorijede, jer grane stadoše pucati od obilja, mladice se kršiti, a potpornji se žitko svijali kao lukovi. Spominjali starci da su gdjegdje i zlatne jabuke i srebrni grozdovi iznikli.

Okomile se žene na muževe:

— Dao Bog, dao Bog! Ali može On i da uzme. Ne valja vam pamet ko ni jelo nezasoljeno, mlakonje. A tko vam prorekao sreću, tko? Tko vam ju izmolio? Po vašoj duši — koprive bi zastrle oranice. Ne molite, ne darujete, gnusovi. Kletva, tuđa žena, gadna riječ — to su vaše putnice!

— Udri, Magda, udri! Velečasni o svecima govori klupama — a, gle, kako mirišu njegove molitve po poljima, kako zore na trsovima i krošnjama! Da nije njega, ugodnika kukali bi po kućama, naricali iznad njiva.

Uplete se i Luka Leš:

Dogodi se, dragi, da trn rodi — a žena pametnu reče. Mi moišao nas mraz pobitan — razvili se cvijeci, ocvali, oplodili. Kišica natopila korijen koliko treba, i sunašce podgrijalo poželjno. Močaline nije bilo da nam muku sagnjili, žega nam je nije sažgala. Evo, zori, buji — ali možda (očuvaj nas, Bože i sveti Ilija) kojom nesrećom zgriješimo, a led nedozrelo u zemlju zabije ili pokosi vihor. Treba Boga umilostiviti, udobrovoljiti, dragi!

Martin Kablar pridometne:

— Na župnikova usta!

— U, đavle! — otegnu žene koreći.

Prve nedjelje obiđe procesija njive u Rodinama, Pod selom, u Srednjoj drazi. Župnik poskropi usjeve u znaku križa i izmoli s narodom molitve zahvalnice.

Sljedeće nedjelje imale se pričestiti sve župljanke i mnogo vjernika.

Te sedmice, u očekivanju velikog odrješenja, začela se nesreća Jure Grešnika.

Jedne večeri, odzvonivši Zdravomariju, pruzio se umoran po crkvenom zidu. Čitav dan nije mogao do cigarete, a gospodari su prolazili mimo njega ostavljajući za sobom plavičast miris koji ga draškao. Isprevrtao je džepove, ali ne nađe ništa, jer je juče par opušaka i džepne istresine smotao u novinski papir. Dolje, pod zidom, pada svjetlo dućanskih vrata, i čuju se glasovi gdje traže cigarete, duhan. — Da zaište?! Rekli bi mu sigurno: — Prosjačiš kao da si mutan Komparov! — Ili: — Imaš službu, kupi! — Zbilja — dosjeti se — imam u džepu dinar! — Trgnuo je odlučno glavom i svrnuo pogled od dućanske svjetlosti, koja buknu kao požar. Zagleda se u nebo. Iskrile se tisuće zvijezda, žario mjesec. Nametnu mu se čudna misao: ne, to se anđelima krijese užgane cigarete u zubima, a sveti Petar zadimio cigaru.

Skoči sa zida, uleti u dućan i baci novac na banak.

Kad se vratio kući, žena ga zaište sô.

Popušio sam! — odvrati mirno. Popušio?! — žena problijedi.

Juru nešto podiđe, ubode i, željan svađe, promrsi:

— Da, popušio, pa?! Nisam li zavrijedio?!

Žena vrisne, zaplače i sasu brzorečicu:

— Popušio, popušio, zavrijedio. A djeca gladna. A čime ću začiniti? Jaja još topla od gnijezda prodala sam jajčaru za sol — a ti popušio. Zavrijedio! Ja sam dinar privrijedila! Ja!

— Začepi!

— Začepi ti djeci da ne vrište od gladi. Posoli im duhanom, nahrani ih dimom, raspikućo!

Padne kletva.

— Kuni, psuj, gade! Raznio si nas na bablje jezike. Viči, proklinji, zvoni — neka čuju odbornici, neka zna velečasni!

Juri se smrknu pred očima, poleti k ženi, obori se na nju.

Djeca zavrištala, zaječala razdražljivo, sitno piskutljivo, kao stotine zvončadi, kao hiljade zvečaka.

Mati pobježe od kuće.

Branka podranjuje da odzvoni pozdravljenje jutarnje. Branka kuha i odlazi k ocu u polje.

Proču se selom da je zvonar isprebijao ženu.

— I pravo joj je — složno govorile žene. — Prenemaže se kada je upitaš kakav je muž. Dobar, siromah moj, dobar! Eto ti dobroće, budalo!

Dopro glas i do župnika: spremao se da u nedjeljnu pro-povijed uplete zvonarov slučaj.

Nevenka, Tuga i Ančica bile su jako gladne. Pred materom mogle su i zaplakati i zaiskati, a otac samo šuti mrk ljutit, opor.

U subotu, pred veliku pričest, uđu one u crkvu kriomice, ušuljaju se u sakristiju i stanu prevrtati ladice s ljubičastim, crvenim, plavim i zlatnim vrpcama, misnim haljinama, mini-strantskim odjećama. Tražile su otkitke hostija koje im često davao otac napekavši pričesni kruh.

Velika kliješta s četiri okrugla pečata odlijevala su četiri bi-jela otiska, nalik na srebrnike. To je za pričesnice i pričesnike. A druga kliješta za pečenje misne hostije, u znak lomljenja hlje-ba, otiskivahu veliki okrugli pečat. Kada bi mati na utopljenu zdjelicu izlila tanki sloj tekućeg tijesta te ono stade bijeljeti — nestrpljivo bi čekale da otac oslobodi lijepe forme, a slasne, ljepljive odlomke pruži njima.

— Joj! — vrisnu Ančica ugledavši mrtvačku glavu na molitveniku.

— Ona ne vidi — reče mirno Nevenka i oturi lubanju u zakutak. Tuga radosno cikne te pozove sestrice. Našla je hostiju.

— Ne smijemo sve pojesti. Sutra je pričest — opominjala je Ančica.

— Strina Bara i kuma Magda nisu gladne — odvrati Neven-ka i nastavi jesti pohlepno.

Sutradan doveze se župnik iz Vrbovskog da bude na pomoć kolegi. Uranio narod i hrpimice pohitao u crkvu. Pred ispovje-daonicama stajahu troredi pokajnika, a odriješeni ponikli pred oltarom.

Već su zadnji skrušenici padali na klecalo pred odrješiteljima kad se zaprepašteni Luka Leš prišulja uhu velečasnoga i odšapta drhtavo:

— Velečasni, nemamo hostije. Ni za misu!

Župnik uzrujano ustane. Ostavi začuđena vjernika s grije-hom na jeziku i othita u sakristiju.

— Jura, pa što je to s vama, za Boga dragoga?!

— Velečasni, netko je pokrao sve hostije.

— Nije istina, lažete; izbili ste ženu, pa nije imao tko da napeče.

— Velečasni, hostije su ukradene.

— Isuse! — velečasni padne ničice.

Svi prisutni u sakristiji kleknu oborivši glave.

— Šta je?

— Što se dogodilo?! — šuštao je šapat lađom.

— Hostije nema!

— Hostije su pokradene! — javljalo se od usta do usta.

— Bože!

— Isuse!

— Marijo! — dizahu pokajnici oči u nebo.

I sveci po oltarima obratili k Bogu pogled, zaprepašteni. Kipovi ugodnika i svetica skameniše se od presenećenja.

*

Po podne, za večernjice, užesti se g. župnik pred oltarom i iskali jad u govoru:

-Za taj grijeh stići će vas golema kazna!

Grešniče, na onom svijetu jest ćeš žeravku, pit ćeš žeravku! Lijegat ćeš na žeravku, hodat ćeš po žeravici! U očima bit će ti žeravka, u ušima bit će ti žeravka! U nozdrvama imat ćeš žeravke! Žeravka bit će ti sunce, žeravka bit će ti mjesec! Žeravka bit će ti kruh, žeravka bit će ti voda!

Grešniče, spasi dušu na ovome svijetu!

Ti, koji si počinio svetogrđe, odaj se, pokaj se, skruši se, udari se u grudi — da spasiš sebe i svoju braću od jarosti Božje, od srdnje Njegove!

Pali vjernici ničice, duboko sagnuti, i moljahu se pokorno sa suzama u očima. Ali nijedan se ne mače da bi kazao: Ja sam!

Gospodin župnik uzme zličicom par zrnaca tamjana iz tamjanika i prosu na žar kadionice. U oblaku mirisava tamjana otpjeva blagoslov i nađe smirenje.

U sakristiji, okružen crkvenim ocima, obrati se zvonaru strogošću suca:

— Recite istinu, Jura; je li vaša žena napekla hostije?

— Da, velečasni!

— Dobro, naredite neka dođe sutra u župni ured.

A crkvenim ocima govorio je nasamo:

— Kaže li žena da ju je izbio muž, morat će priznati da nije napekla hostije! Onda pada krivnja na zvonara! Na ovom svijetu sudit ćemo mu mi, a na drugom položit će obračun Svemogućemu. Ne prizna li zvonarica, i ako ne saznamo za krivca — Bog će se oboriti na nas!

Žene plakahu u crkvi, naricahu pred crkvenim vratima. Muškarci ušutjeli uokolo svetišta. Sa zebnjom u srcu pomišljahu na prerodna polja i vinograde.

A dan bijaše blistav i radostan.

Branka otrčala u drugu župu po majku.

Otac potjera rano djecu da legnu, pa se i sam sruši premoren u postelju.

Čitavu noć sanjale su Ančica, Nevenka i Tuga strašne sne: otvorile su ladicu u sakristiji, a u njoj zablista, zažari hiljadu žeravica kao hiljadu paklenih očiju. Isule se žeravke same po kamenom podu, zavlačile im se u odjeću, skakale na njih. Kušale su da pobjegnu, ali zažareni ugljen pekao im stopala, prljio kožu, palio ih u nosnicama, žario u ustima i ušima. Plakale su, vrištale, zvale mater kričljivo.

Izbudiše bukom oca. On se izdere na njih, a djevojčice se pripiše ustreptale, zagrcane jedna uz drugu i tako probdiju groznu noć.

U zoru prispjela žalosna majka, a one padnu pred nju i dršćući priznadu grijeh. Mati ih pomilova, ušutka i nahrani.

Otac ode zarana mučke s kosom u sjenokos i ne vrati se do podneva.

Kada je mati ušla u župni dvor i nazvala tiho Isusa, velečasni se dobroćudno smješkao. Ponudi joj stolicu:

— No, Grešnikova, priznajte otvoreno zašto ste pobjegli od kuće?

— Velečasni, oboljela mi naglo sestra u Bosiljevu.

— Ali prije toga ste napekli hostije?

— Da, velečasni!

Kada se u župi pročulo za zvonaričino zatajenje, razjariše se bogomoljne domaćice:

— Unizit će nas pred Bogom, đavoli!

— Hoće, ljudi, hoće! Čuli ste velečasnoga?!

*

Blista ogromni nebeski brojčanik, i pomiče se po njemu zlatna sunčeva kazaljka nad poljima i šumama, nad njivama i selima.

Izmlaćeni su snopovi ječma i raži. Požnjevena i ovršena je pšenica. Spremišta su krcata.

Mlinovi: dobri zmajevi, mašu uz Kupu mokrim krilima, gutajući vreće žitka. Nadaleko se čuje kako melju ujednačeno, teškim zubalom.

— Nažderat će se, siromasi, za sedam godina! — obraćaju se blaženo mlinari nosačima i nosačicama.

— Dao Bog da se i bačve naloču. Spremamo im goleme trbuhe! — odgovaraju sa smiješkom vinogradari.

Sela su tiha i pusta.

Gospodari kose i suše sijeno u gorama. Pred podne polaze žene u košenice, s teškim košarama na glavi. Na njivama sagi nju

77

se pljetvarice i kopačice pod žarkim suncem. Gazde obilaze sa štrcaljkom od trsa do trsa i galiče. Modre im se poprskani šeširi. Plave se ogaličeni vinogradi po bočinama — kao da su komadi neba na njih popadali.

Stoka je na paši ili preorava strnokos za heljdu i repu. Ili izvlači u šumi iz draga vlake. Ili je u Vrbovskom na kiriji.

Bijelost seoskih kuća u suncu zazima oči, a teška ljetna sparina umara. Zakevta pas u hladu. Zakvoca kvočka u krleci. Zaplače probuđeno dijete u mokrim pelenama, sámo zatvoreno u pustoj kući.

I zvonar se iskrada sa ženom u polje. Ili zar da pusti lipsati kravu bez krme, uvenuti kukuruz koji je dobro pokazao? Nema tko da ga nadzire; a ako bi i došao netko da upita za nj, upućuje djecu neka kažu: — Otišli su u drvnik sutra peru crkvenu rubeninu! — ili: — Otac oprašuje župnikov vinograd, a mati otišla s ječmom u mlin. — Znadu i djeca da pozvone za mrtvacem ili, Bože sačuvaj, ako se grdni oblaci navuku.

Sedam djevojčica raduje se seoskoj osami.

Znadu, nema bojazni da će netko povikati na njih i raspršiti ih s mržnjom. Nema nikoga koji bi im dogrđivao u igri i presijecao vesele pjesmice brojanice koje odlučuju na koga će pasti red da bude vražić:

Tri mesara buhu klala,
buha tu, buha tam -
pa izišla ipak van!
en ten tini
savaraka mini
savaraka tika taka
bija baja
bum

A najradije bi, ovako nesmetane, kazivale onu kiticu zbog koje su stara Magda i Mare vikale za njihovom materom da i djecu uči huliti; a njih bi razgonile: — Iš, gnusnice, u štalu s tim, a ne pred crkvu! — Tu pjesmicu govorile bi inače tiho, sa strepnjom — a sada je izvikuju bučno. Poredavši sestrice uokrug, izbacuje Nevenka slog po slog i uzgred prelazi kažiprstom od jedne na drugu:

Mare pere na potoku,
Pero jaše na kokotu.
Kupila mu zelen trak,

prišila mu na škrljak.
Ode k misi ko junak,
dođe kući ko bedak!

— Tugica je vražić! — viknu prhnuvši pod toranj i povuku za uže.

Prosu se brecavo radosni smijeh zvonceta.

Omara biva iz dana u dan sve teža, sve nesnosnija. Dani postaše sparni kao u kuhinji. Zrak oteža, disanje se uspori. Narojile se muhe, pa obadaju tromo blago, dosađuju umornim ljudima.

— Frče se lišće kukuruzno kao cigareta. Nedostaje kiše pa ako ne zadaždi, ote nam se glavna hrana od usta! — tuže gospodari.

Na blijedom, žarkom nebu blistaju sijevci od vrućine.

I toga dana granu vedro jutro.

Još u sumraku porazbježali se težaci i težakinje sjenokošama i njivama. Jedni, da zgrnu sasušeno sijeno i otavu. Drugi, da osumpore lozu vinovu kako bi — ne bilo je — bolest predusreli. A treći, da popuču konoplje i razgrnu ih po rosištima, da okisnu. Ili odoše prorijediti repu, neka okrupnja.

Zvonar i zvonarica ujarmili marvu i otišli po voz sijena, daleko od sela.

Najednom, tek što se odjutrilo, pritisnu strašna zapara.

Podmuklo grunu grom iza gora.

Banuše naglo crni, krupni oblaci.

Pomrknu, stmuri se iznenada.

Munje zablistale zmijoliko i stadoše cijepati nebo.

Kao mravi u mravinjaku, pred olujom užurbali se ljudi po poljima. Težaci potrčali bezglavo, težakinje uprle bjesomučno, gospodari se uzvikali, a gazdarice stale izbezumljeno zapomagati.

— Isuse Kriste!

— Sveti Ilija! Sveti Roče!

Podiže se vihor i stade kršiti grane, savijati krošnje, krčiti voćke.

U selu zagakale guske, uskokodakale se kokoši, zakreštale kvočke, zavrištala djeca.

Bogobojazne bake kleknule na pragove i podigle k nebu sklopljene ruke, poprskivale svetom vodicom kroz prozore. Druge su vraćale bacajući na put kroz vrata sjekire, prevrnute stolice i živo ugljevlje.

— Majčice Božja, smiluj se!

— Sveti Ilija, poštedi nas! — obraćale se Bogu i svecima, blaženima i sveticama.

— Zašto ne zvoni na oluju?! — bjesnjele gazde po njivama.

— Zvon! Zvon! Ne čuje se zvon! — povikaše težakinje, zaplakaše gospodarice.

A u selu Branka potrčala pod zvonik sa sestrama. Potegoše za užad: zagrmio zvon Majka Marija, zakriknuo Sveti Ilija, zajecao sitno Sveti Rok. Zinuli panično i teškim klatnima, kao jezičinama, usklatili ždrijelom.

U ogromnu lipu kraj tornja udari grom. Liznu plamen i otkrši se pola vrška, te se s bukom surva pred crkvu.

Djeca zavrištala, pustila užeta i pobjegla u hram.

Sasu se grad.

Krupna, gusta tuča šibala je plodne njive, razbijala stakla na prozorima, kršila grančice, obarala plodove. Tukla su teška zrna leda po krovovima, koturala se niz putove, odskakivala od tijela udarajući bolno po plećima i glavama. Goveda okrenula tvrda čela vihoru i sagnula glave.

Strašna buka, lomljava i kršenje ugušivahu jauk i vrisak po poljima, naricanje po kućama.

Istom brzinom minu oluja.

Izgrmjelo se. Ispadalo. Izbjesnjelo.

Sunce veselo prosinu preostale oblačiće i rasvijetli sela i tužnu okolicu.

Po putovima grgolji žuta mutna vodurina valjajući okršene mladice, noseći oklaćene plodove. Bijele se kupovi leda uz plotove i pod kapovima. Djeca zagalila hlačice i rukave te grabe dlanovima ledene bonbone i krišom ih unose u kuću na pregršti.

Operušane i okljastrene voćke, izrešetani kukuruzi i pobijeni vinogradi snuždili se žalosno.

Jauci odjekivahu s njiva, plač se širio kroza sela.

Vraćali se promočeni vozovi sijena, istučeno blago i skršeni ljudi.

Vinogradari otrčali u vinograde. Ostadoše osupnuti gledajući u boli zelene grozdove na zemlji i prebijene odvode krcate grožđem.

Gospodarice naricahu izaglasa u šljivicima i jabučnjacima berući s tla hrpe zelenih jabuka i krušaka, nedozrelih šljiva i bresaka.

— Gdje je Jura?! — zavikao netko.

— Držite ga, ljudi! On nas je upropastio!

Otrčalo nekoliko bijesnih gospodara od volova i upravilo k zvonarevoj kući. Za njima jurnule žene, zatapkala djeca.

Jura je upravo ispalčio volove.

— Ha, lopove! Ti si zvonio po šumi i sjenokoši! Za to te plaćamo, gade!

— On nas pobio! Upropastio nas, uništio, izrod!

— Zavrijedio je da ga rastrgamo! — vikale su žene, prijetili muškarci.

Na Juru se prospu zeleni plodovi i oblomljene grane:

— Evo ti plaće, ništarijo!

Porasla buka. Podigla se vika.

Padali su plodovi po zvonaru, razbijali mu okna na kući, udarali po crijepu i ulijetali u sobu.

— Ništarija!

— Skvrnik!

— Svetokradica!

— Nevjernik!

— Evo ti plaće, evo ti zvonarije! Nažderi se! Naloči se! — Pružala je rulja Juri otkinute grančice i odvode s grozdovima.

*

Bližila se jesen, a prirod se oporavljao.

— Ljudi, kako možete ovako ludovati: zvonar nas je upropastio! Zar nije onda uništio i sebe?! Popljuvali ste ga, izgrdili, poharčili mu kuću. Evo, jesen se pomolila, a on nema čime da utaži dječju glad. Promislite: da Jura znade praviti led, ili bilo koji od nas, da je ta moć u njegovim rukama — ne bi li ga prosuo radije na one gospodske glavurde koje nama kroje? Stiglo nas je zlo u obilju, ali, eto, neće nam ipak nedostajati zelenila, ni palente, pa i vina bit će toliko da nam noge otkažu poslušnost. A njega, jadnika, bacili ste ni kriva ni dužna iz službe. Da si je makar privrijedio žitka, da mu niste i to priječili — ne bih rekao! — savjetovao Adam Grba crkvenjacima.

— Adame dragi, zaludu ti muka. Nećeš valjda kazati da je naš velečasni krivo rasudio! Istina je, nije onako zlo kako smo predviđali, ali mnogo je tu, dragi, pozlatila njegova molitva. Rekao je lijepo: Koga kara Bog, onoga i miluje. Toče mu se riječi kao biser. Anđeli bi prignuli uši da ih poslušaju, nekmoli mi smrtnici. Dragi, promisli i ti dobro rasudljiv si čovjek, na glasu razumnik, pa vagni: opominjao sam Juru, ne idi u polje, budi kod kuće, blizu crkve, jer ljudi su te i odabrali da za njih Bogu ugađaš, da Ga ne razjare, pa da mogu skrbiti za sebe, a tebi će tvoje namaknuti kako je dogovoreno. Ali on nije poslu-

81

šao. Uz to je psovao krišom! A tko će biti za to Bogu kriv nego mi, dragi?! — uzvrpolji se Luka Leš.

Stari crkvenjak Janko Troha, bivši općinski pandur, podupre osudu:

— U mojoj mladosti pazile su i svjetovne vlasti na psovače. Da! u mojoj mladosti, ako bih koga čuo gdje spominje ime Gospodnje uzalud, otkresao bih mu službeno: Javno psovati Boga, sveca, anđela, krst, grob, vjeru, majku Božju — strogo je zabranjeno, te se prekršitelji imadu kazniti po ces. naredbi od 20. IV. 1854. globom od 140 kruna, odnosno zatvorom od 1-14 dana. Koliko puta je Mata Gorše sjedio! Kolike sam ja tako uhvatio za ovratnik i dovukao ih pred bilježnika. A danas, káda su ološale ljudske odredbe, da mi kao izvršitelji Božjih zakona griješimo — bilo bi svetogrdno. Da! svetogrdno.

— Popovi, popovi prave grad. Pitajte vi ludoga Vilka. Veli on: "Župnik svaki dan pravi tuču u župnom dvoru, pa ako zaboravi pritvrditi prozor ili začepiti ključanicu — pobjegne mu tuča na polja i harači!" — podvali Martin Kablar.

Odbornici ušute smrknuti i raziđu se.

*

Zvonareva djeca ne smiju da se igraju oko crkve naočigled vjernicima:

— Nećete više obješenjačiti pred kućom Božjom! Dosta nas stiglo zarad vas, kopiladi! — govore trećoretkinje u grupama kada ih opaze.

Mati mnogo plače.

Vide sestrice kako razgovara s ocem te joj suze kaplju na pregaču:

— Zima je pred vratima, a djeca su gola i bosa. Ti si u krpama i bez obuće. Naskoro nećemo imati što da založimo.

Tuga je odlučila da neće cijelu zimu iz kuće, samo da se može mama obući.

Minu berba. Uzavreo mošt.

Ljudi počeli kršiti kukuruz i dovoziti kući pune vozove klipova, a na njima se žute okrugle bundeve.

Svako veče odlaze momci kojoj djevojci na bijeljenje, perušanje kukuruza, a slasne, krezube klipove mekanog zrnevlja prevrću na žeravici i zaslađuju vesele razgovore, zalivene mladom rakijom.

Odavna su već tukačice prebile tukačama i isjeckale trlicama sasušene konoplje.

Tako stižu daždivi Svi Sveti, kada se pričinjaju tužni obronci, mokre, izrovane njive, izlokani putovi i crne vrtace kao rake i grobovi, a čitava je zemlja nalik na groblje osuto zlatnim vijencima popadalog lišća.

Iza Svih Svetih blisnulo nekoliko sunčanih dana, pa velečasni odluči da u pratnji crkvenog oca Luke Leša, koji vrši poslove zvonara, pokupi lukno.

Ujutro upregnu odbornik konja, sjedne do gospodina župnika i zapute se u donji dio župe po bir.

Cio dan metali su dočekljivi župljani nadarbinu u kola, nukali velečasnog i odbornika zakuskom, moštom i rakijom govoreći:

— Dobar je Božji blagoslov, velečasni. Kaznio nas Bog ali i pomilovao! Evo, u ime Njegovo!

Odborniku dodavahu:

— Pazite ljetos koga ćete izabrati zvonarom! Skoro nas uništio ona nesreća Jura. Skoro nam obratio sav trud i muku u ništa!

A velečasni bi dijelio obilno blagoslov opraštajući se.

*

Sumrak se šuljao u župno selo i obavijao ga u tamnu jesenju koprenu.

Nevenka, Tuga, Zorka i Ančica potrčale su od kuće k crkvi da se igraju, jer sad su ljudi u domovima.

U tornju jedva čujno zabruja zvono.

— Branka je dala znak!

— Branka je prva dotrčala i uhvatila se "spasa". Prevarila nas! — pomisle veselo djevojčice i jurnu pod zvonik.

Nevenka vrisne jezivo:

— Tata!

Tuga, Zorka i Ančica zavrište, zacvile, zaridaju kao ranjene.

— Tata! tata! — vikala je Nevenka iza glasa.

Strahovit vrisak uzbuni obližnje seoske kuće.

Neki seljani dotrčali pred crkvu.

— Što se derete! — vikao je zaduvano Janko Troha.

Kada je došao bliže, ustukne: na zvoničkom užetu visio je Jura Grešnik.

— Nož! Dajte nož! — derao se van sebe na dolaznike.

Netko skoči, podigne pod obješenikom prevaljeno klecalo i prereže uže.

Martin Kablar dočeka u naručaj teško, ukočeno tijelo i polegne ga na kameni pod.

— Vode! vode!

Skinite mu uže s vrata! — padali su povici u ženskom zapomaganju i dječjem dozivanju majke.

— Isuse Bože! Marijo! — govorila je stara Magda jednolično. — Koliki grijeh, koliki grijeh!

Adam Grba izdere se na nju bijesno, i žene ušute.

Čulo se samo kako tiho i iznemoglo cvile djeca u mračnom kutu.

— Gotov je! — reče muklo Martin Kablar, a djeca ponovno zavrište.

Začu se sve bliži jauk Jurine žene, koja je bježala do crkve.

Gospodin župnik i Luka Leš ulazili su u selo s punim kolima birčevine.

— Lijepa noć, dragi naš velečasni! — reče sa smiješkom pripiti odbornik i stade pjevušiti viknuv na konja.

Na nebu, žalosno kao svijeće, palile se prve zvijezde.

*

Sinoć odniješe zvonaricu obeznanjenu kući.

Noću skoči u bulažnjenju s kreveta i udari glavom u zid. Dugo su vrištala djeca u noći nad majkom ne mogavši je dozvati k svijesti i poleći u krevet. Tek pred zoru podigla je susjeda i krvavo joj tjeme isprala vodom. Obrezala kosu unaokolo i stavila melem. Ali mati se ne pomače iz duboke nesvjestice.

A samoubici prebaciše ponjavu preko glave i preniješe ga pod lipu da prenoći, jer u grobljanskoj mrtvačnici mogu ležati samo poginuli sa svetim sakramentima. Govoruše začele šaptati prepirući se da li smiju užgati svijeću onome koji je samovoljno položio na se vlastitu ruku. Napokon se slože i utisnu mu više glave neblagoslovljenu svijeću da se pakleni tihohođa ne prikrade truplu.

Ipak su čuvarice koješta vidjele.

Oko ponoći zastrli oblaci zvijezde i zašumnjele crne krošnje sablasno. Vjetar je prigašivao plamen svijeće koji su žene s mukom zaštićivale dlanovima da ne utrne. Ponjava na obješenikovu licu bubrila je i podizala se dok je nije jedan jači vjetreni zamah zbacio s lica i prehitio na svijeću.

Nakesi se samoubičino lice.

Pomrkne svjetlo.

Babe zakrešte, vrisnu i strovalivši se niza zid odjure kući.

— Obesvećenje! obesvećenje! — ponavljala je stara Magda i kazivala ženama kako se glava dizala, i onda najednom skočio vampir, bacio ponjavu na svijeću i grohotom se nasmijao.

— Hu, hu, hu! — odjekuje još uvijek od crkvenih lipa.

A pod njihovim krošnjama leži strahovito sam i ostavljen Jura Grešnik, nabuhla, pomodrela lica, podrugljivo isplazivši jezik. Oblak mu bacio crnu koprenu preko glave, i samoubičino lice kao da se ublažilo, prelilo čudesnim smiješkom. Nedaleko od njega crni se ždrijelo zvoničkog ulaza, te se čini — kao da je toranj zinuo u čudu. — Hu! hu! — plašila je sova s lipe, ali zvonar se nije bojao, dalek, nepokretan, nepomičan, neosjetljiv! Njegovo srce nije moglo ni da mrzi.

— Gle! gle! — drhtala je praznovjerica stisnuvši se k ženama.

— Gospode, pomiluj! Gospode, pomiluj — lipa se njiše!

— Past će na toranj!

— Survat će hram Božji!

Baba Mare šane:

— Trebalo bi vampiru kolcem probosti srce!

*

Kada svanu dan, potrče radoznalice do lipa.

— Evo, evo da je istina! — tvrdila je Magda muškarcima, podigavši ponjavu s prevaljene svijeće.

— I ruku je pomakao, nije bila tako daleko od trupla! — Gle, i list mu se prilijepio na potplat!

Janko Troha razastre ponjavu na lešinu:

— Sve će to oblasti utvrditi službeno, a vi — razmaknite se. Da! To stoji u zakonu.

Crkveni otac Lesac raspršivao je radoznalu djecu.

Pridolazili su članovi crkvenog i grobljanskog odbora:

— Treba lešinu što prije pokopati!

— Treba obavijestiti kotarsku oblast!

Mrtvozornik bijaše seoski starješina, a tu svjetovnu dužnost vršio je također Janko Troha.

Ovaj se sagne i izjavi:

— Po § I, nalazim da je pokojnik počinio samoubojstvo, kojemu su uzroci nepoznati, a počinio ga u ubrojivom stanju.

Crkvenjaci se slože s razgledačem, a Troha izda "mrtvačku razglednicu".

— Sada treba da izvršimo ukop! — zaključi Luka Leš. — Grobljanski odbor neka odluči gdje ćemo iskopati raku.

Odbornici zanijemiše u neprilici.

— U groblje ne može! — izlane napokon jedan od njih.

Skočiše babe:

Kako možete i spomenuti groblje!

Adam Grba htjede da se obori na odluku grobljanskog odbora, ali ga Martin Kablar povuče iz grupe:

— Ostavi, Adame! To je njemu ionako svejedno! Pođi do mene, pa će nam žena zgotoviti štogod toplo.

A Luka Leš obrati se Trohi.

— Janko, ti ćeš znati paragraf koji o tome govori!

— Da! Znam jednu naredbu broj 18681, koja kaže: ako nastane spor između političke i crkvene vlasti u pogledu ubrojivog ili neubrojivog stanja — imade politička oblast takov slučaj prijaviti kr. zemaljskoj vladi, koja će glede toga raspravu provesti s ordinarijatom. A ako se prizna ubrojivo stanje dotičnika, imade se odmah obaviti definitivni pokop van groblja. Da! Ali kod nas nije bilo toga spora, i odluka je pravomoćna.

— Ljudi, što bulaznite, nije on samo počinio samoubojstvo, on je ujedno izvršio svetogrđe! Crkveni oci, prosvijetlio vas Duh Sveti! U mojoj mladosti pričao mi djed kako se ubio čovjek svojom rukom, pa ga župljani sahranili tako daleko od crkve da se nije moglo čuti zvono. O, pamet vam se ukisala, navalit ćete na nas još goru nesreću!

— Urazumi ih, Magda, kaži im! Ne daj, zaboga, da opet stradamo! — navalile žene.

— Znali su naši stari što čine — nadoveže grobljanski odbornik Lesac — i ja se toga sjećam. Kazivali starci kako su nosači uprtili lijes i nosili ga tako dugo kroza šume dok se mogla razaznati zvonjava. Tamo ga pokopaše. Odonda, kažu, plodilo i rodilo izobila!

Vijećao odbor nekoliko časaka, povukavši se od mase, i onda dade Luka naredbu da se spremi čamov lijes i odrede nosači.

— Trud i dangubu razgledáču, rakaru i nosačima, kako naređuje zakon, isplatit će općinska blagajna — izjavi starješina.

Odmah iza podneva donese stolar lijes posut blanjevinom. Polože u nj lešinu i začavle pokrov.

— Treba požuriti. Tko zna gdje ćemo stati! Jak je glas zvona.

Četiri težaka uprte lijes na brzo zbijenim nosilima.

Zagrmi zvono.

Iza truge pođe golemo mnoštvo žena, staraca, muževa, djevojaka i momaka.

Povorka je ulazila u šumu, korak po korak, i svi naprezahu uši, pazeći kako pada jačina zvonjave.

Kasno popodne, duboko u planinama naredi Luka Leš da povorka stane. Zvono je zanijemilo.

Rakar baci svijetlu lopatu s ramena i zasiječe u mekanu šumsku crnicu kraj puta.

— Samo duboko iskopaj, zbog zvjeradi! — opominjali ga odbornici.

Vrh visoke jele opazila vjeverica svjetinu, podigla se začuđeno na stražnje nožice i preplašena odbacila se preko vršaka.

*

U sumraku vraćali se ukopnici domovima. Adam Grba prebaci na se vreću kukuruza i svrati k Martinu Kablaru.

— Hajde, Martine!

Kablar iziđe iz kuće sa ženom, također noseći teret na ramenu.

Krenuše zvonarevoj kući.

Uđu u hodnik i otvore sobna vrata.

— Brankica — reče Martin Kablar — evo, donijeli smo vam zvonarinu. Da sprtimo!

Branka se podigne od materina kreveta i, razumjevši, zajeca.

Zvonarica ležaše bez svijesti, tek od časa na čas trgne rukom ili bolno nategne lice.

Martinova žena podijeli djeci kolače iz kotarice.

— Branka, ne plači, tata je imao veći sprovod od velečasnoga. I zvono je za njim dulje zvonilo! — tješila je Tuga, pružajući joj dobiveni kolač.

Kablarova žena zarida i ogrli dječicu.

SMRT U ČIZMAMA

Banu proljetos glas u općinu da je gospodin Klar, veleposjednik i veleindustrijalac, kupio dvorac nad Kupom. Stari zamak Frankopana i Vraniczanyja. Volari i konjari stadoše rediti ormu i mazati točkove na kolima. Besposleni nadrizanatnici i obrtnici željno ga izgledahu. Načuli svašta o dolazniku. Širile se priče o njegovu postupku s radnicima u gradu. Kako je ovaj i onaj siromah imao s njime gorko iskustvo.

Ali seoski trgovac upućivaše seljake u dućanu:

— Dobro je to da dolazi takova zvjerka. Zaradit ćemo svi! Samo treba s njime ravnati! Ne trpi on, dabome, kojekakve gradske buništare i prkosice da se jače s njime! — Gdje će se šutonja s rogatim bodačem! — Rekoh, treba se poniziti! Naše novoosnovano vatrogasno društvo, kome sam ja predsjednik, nema pokrovitelja. Skupit ćemo četu, iznajmiti vrbovsku muziku i dočekati ga svečano. Treba nam štrcaljka, sprema. Ha, bogami, i lija se lavu umilila! Trebat će i vama! Bit će bolje nadnice, uposlit će naše ljude kad vidi tko smo. Ulickat će staru podrtinu! Neće se on samo tako nastaniti gdje su se bavile sove i miševi. Načuo sam nešto i o telefonu, o električnoj centrali u Riblju, pa o nekim kupnjama. — Zato, držite se! Dođite i vi, što više da vas dođe! Pala vam sjekira u med! Samo, rekoh, ne draži pčele! Ode med kroz prste, i još si izboden! Nego ponizno, dočekljivo, s njime!

— Nema meda, Mato, ako nisi izboden! Ostavi ti svoju poniznost! Nismo mi trgovci, koji mašu repom na zveket džepova a inače zube kese! — odvrati Ivan Tuča trgovcu i prekorakne prag.

Utihnuo dućanski mrmor.

Seljaci požudno srkahu miris pečene kave, sapuna, kože i duhana. Promatrahu bojažljivo smrknuta trgovca za bankom. Zamjeriti se njemu znači: ne doručkovati palentu, biti bez brusa, ognjila i kose, pušiti bukov list ili borovičino liko.

— Veli tako i pekar — obrati se Miha Rabar trgovcu — ide nam vraški traljavo! Kirije nema, drva ni sô ne naplaćuju. A kamoli da tebe nema! Da je takih i više! Dobro nam došao novi imatnik! A ostavi Tuču, mrmlja on uvijek u narodu, kao val u moru. Ali i talas se razbije o stijenu!

— Ne vjerujem ja njemu — reče nasamo ljudima Joža Ka-sun, kolibaš i otac šestero djece; — ima Tuča pravo! Ali znadu Mato i pekar da, ako nas uposle, kapat će zarada u njihove kese. Pa što i da kažeš na to?! Kimni glavom i šuti! Čuo si Mihu kako se oblizuje! Maslo mu na jeziku — ako izlaneš, ostat ćeš u zapećku. Doušivača ima napretek!

I jednoga dana bî rečeno da dolazi g. Klar glavom.

Iskupio se narod; poredali trgovac, pekar i fotograf vatro-gasce u novim uniformama. Stav mirno!

G. načelnik Glavan privezao zaglađene brkove mrežastim povezačern i prospavao tako noć. Ujutro obukao debele hlače od čohe koja se u njegovoj općini već izobičajila.

— Ja, sin ove općine, seljački sin, treba da narodu dajem primjer valjanoga gospodarenja, da se narod ugleda u me! Mani gospodske krpe i šarenilo! Naši su preci bili vrsni tkači. Nosili opanke, čohu i konoplju. Matere naše znale prebijati lan sjeckalicom, umjele grebenati, imale stan i brdila u kući. A da-nas!? Zato je tako seljaku. Sami potpomažete gospodu. Da vidiš, kad bi seljaci prestali kupovati dućanska odijela, rupce, pregače i obuću; da vidiš što bi bilo za sto godina! Da vidiš! — govorio uvijek g. načelnik narodu, upirući prstom na svoje čo-hane hlače i lanenu rubaču:

— Opipni, majčin sine, nategni! Kao koža! Ha, seljačke to ruke otkaše! Ne zapinje to o trn, ne grize kroz to zima!

Otkada mu dobacio Ivan Tuča kako milijuni seljaka u svijetu i kod nas nose lan i konoplju, nazuvaju opanke i pletene čarape, pa su uvijek gladni i bijedni, baš kao svi oni koji nose gradske tralje — odonda šuti Glavan pred narodom o takvu boljitku. Ali hlače od čohe i lanenu rubaču nije nikako skidao.

— Ogrknuo mi već taj narod! Svađa se, prepire se među-sobno, parbi se, a fiškali trbušaju. Jedu zemlju kao gujavice. Promeće se jadan seljak kojekako — a ne dolazi k pameti! A što činjahu naši stari!? Došao gazda sa svojim parbenikom u općinu — k svojim ljudima. Veli, tako i tako; reci, načelniče, pravdu! A načelnik gleda jednoga, gleda drugoga, pa misli, promišlja! Ha, znade čovjek što je krivo, a što pravo! Poznao bi i po očima! — I odmjeri on pošteno, po pravici! Izmiriše se suprotnici — i odonda najbolji prijatelji! Eto, i bez suda i bez advokata. Zato, draga braćo, ne idite kaišarima, gulikožama! Pođite k meni, u općinu — k svom čovjeku čija vaga pravo važe, u kog nisu krivi utezi! Pa da vidiš kako će se crnjeti tvoja ze-mljica u proljeće, a zlatjeti s jeseni!

Poslušao, kažu, pokoji parbenik i pošao u općinu, da ne bude troška.

Ali jednoga dana osvanu na zidu općinske zgrade velika, nevješta slova:

Stoj!
Tu se pravda kroji.
Pitaš pravdi kroj?
Joj!

Odonda je i načelnik spremio svoju vagu.

Danas dolazi g. Klar.

— Gospodine veleindustrijalče!...

— Ne, bolje je: Gospodine...

— Ma, kuda ja to stalno s gospodinom? Treba ovako: Dragi naš susjede, župljane, žitelju općinski. Ja kao načelnik...

Izišao pred općinu, gdje se iskupio narod. Salutirali mu vatrogasci. Rastupilo se mnoštvo.

— Zdravo, Joža! Bog, Pavle! Živio, Miha! Kako je, braćo?! Ako je Klar mudar, nismo ni mi bene! Je li? He, he, he!

Prišao mu predsjednik vatrogasnog društva i prišapnuo mu da u govoru spomene vatrogasce i njihovu molbu.

— Samo onako, znaš, izdaleka. Da se ne uplaši... A ja ću onda raportirati!

— Ne boj se! Doći će on još sa mnom do tebe na koju čašicu!

Redovi uz cestu ustalasali se kao klasje: — Auto! Auto!

— Dolazi!

G. načelnik se nakašljao.

G. predsjednik ufitiljio drhtavo brkove.

A fotograf stao za aparat i bacio preko glave crnu krpu da fotografira — ili da sakrije uplašeno srce?

G. načelnik stajaše na čelu dočekivača i smješkao se, okretao slobodno, neusiljeno.

Auto se zaustavi na zakrčenoj Luizijani.

Šofer se stao uzrujavati.

Ali uto zatrubiše trube, zagrmi bubanj.

G. načelnik se smješkao i jedva vidljivo klanjao.

U zatvorenom automobilu sjedio krupan čovjek, debele glave i kratkih ruku. Utonula pod njim sjedalica.

Jedno je vrijeme mirno promatrao, a onda naglo položi ruku na vratašca automobila i otkotrlja se van.

G. načelnik zalamatao rukama spram glazbenika.

Buka utihne.

G. načelnik, nasmiješen, neusiljen, obrati se niskom debeljaku u krznu, koji je zabezeknuto stao preda nj.

— Dragi naš susjede, župljane, žitelju općinski. Ja, kao načelnik...

Debeljko se još više odebelio, zaoblio. Navrla mu krv u kesičasta lica, zalila ušesa. Male se oči svinjski usitnile, vrat potpuno nestao.

— Was für ein Zirkus ist das?! Was soll das heissen!? Vi, kreten jedan! Maaarš!

Množina se skamenila kao u priči.

Brkati načelnik, prekinut u govoru, zinuo kao morž.

Gospodinu predsjedniku spustio se jedan brk — i nije to ni opazio.

Fotograf je zažmirio pod crnim zastorom.

Izvolite, gospodine direktore! — uslužno pozove šofer uzrujana gospodina.

Čovjek se zavrti, i kao lopta padne na sjedište.

— So etwas, so ein Zirkus!

Tu! Tu! narugala se truba.

Zagrohotao bučno vjetar na cesti i stade se valjati od smijeha podižući oblake prašine.

*

Osam dana nakon direktorova dolaska doselio se i sam veleindustrijalac. Stao je popravljati dvorac i obnavljati žičanu ogradu Rastika, nekada bogatog zvjerinjaka. Vodenicu na Kupi, koja nalikovaše na pticu polomljenih krila, prerušio je. Žrvnjevi, lijevci, mučnice, sita i brbljava čeketala ležala su na vodeničištu kao prosuta utroba. A ustave i gazove učvrstio je. Golemo novo kolo vrtjelo se na teškoj osovini. Još je uvijek sve mirisalo mljevenom pšenicom i kukuruzom, ali mlivo nije više nitko donosio, niti su žrvnjevi žrvnjali.

Bjelje bijaše sada mlinsko brašno — ono je rasvjetljavalo crni dom bogatašev. Mlinari, kojima je prodana vodenica na dražbi, proklinjali su kupca i nemoćni gledahu izdaleka bol koja im se nanosi.

— Proklet njegov dolazak! Tko bi drugi kupio ovaj mišinjak, tko bi drugi izbrojio banci kao bratu?! O, da nije nikada taj zloduh upao u ovu jarugu — ubirali bi mi još uvijek mlinarinu, i kuće bi nam hljebom mirisale. A sada pred nas baciše mlinsko kamenje da ga o vrat objesimo... Proklet da je dan kada se na noge osovio — jadikovahu starci sjedeći na teškim žrvnjevima, misleći o danima svog mlinarenja, kad su bijeli iz mlina izlazili — dok su im sada samo glave brašnom osute...

A Kupa je i dalje tekla mirno, slična teškoj zelenoj kosi u koju je slap kao biserni češalj zadjenut.

Volari su strmenom iz Kupe dovozili mulj, a krečari rušili drvnike i krčili kamen, trpajući ga u vapnenice. Drvari iskrcavahu uz Luizijanu pažljivo okresane i obijeljene telefonske stupove, gdje ih mazahu katranom.

Najednom planu riječ o kupnji g. Klara nekojih općinskih dobara uz dvorac. Načelnik je šutio, a nitko nije izvlačio iz njega priznanje. Vidjeli ga ljudi u društvu veleindustrijalčevu, ali nisu mnogo razmišljali o tom druženju. On je samo porastao u narodnim očima.

Osam dana nakon tih glasina bilo je javljeno da je veleposjednik g. Klar kupio dva metra općinskog zemljišta uz rukav Luizijane koji kreće dvorcu.

Petnaest dana nakon toga veleindustrijalac ograđivaše čitavo općinsko dobro, stara vrtišta uokolo zamka.

Ljudi se oborili na odbornike i predbacivali im svotu pogodbe i objavu. Odbornici uzdizahu ramena, sukahu brkove i upućivahu na Glavana. Ali načelniku nije nitko ni riječi dobacio.

Doskora bijaše dvorac potpuno preuređen. Velikim dvoranama hodala je po teškim sagovima gospođa Klar i pjevala uz pratnju. Veleindustrijalac je sjedio za telefonom i upravljao svojim tvornicama. Sobari su trčkarali ložnicama a dvorjanici zveckahu čitav dan srebrnim poslužavnicima i priborom. U kuhinji se kuhar ljutio na sluškinju, a u garaži je šofer psovao glupavog kočijaša, koji se, pun stajskog đubra, zavalio u automobil.

A vani ispred dvoračkih ulaznih vrata — čekali su otpušteni težaci, volari, konjari, neplaćeni vapnari i drvari. G. Klar je poslao slugu da kroz vrata javi vikačima neka se izgube, jer još neće isplaćivati. Ljudi su neko vrijeme čekali a onda se šutke raziđoše.

Drugi dan je palo par povika kroz rešetke, ali i opet odoše bez dnevnica. Tri puta se to ponovilo, a četvrti put ih veleposjednik prozivaše redom i isplaćivaše u kancelariji. G. Klar je nemilosrdno snizivao pogođene nadnice. Odbijao je tobožnje zabušivanje vremena i manjkavost izradbe. Poslenici su smrknuti, jedan po jedan, tiho izlazili, a onda se svi uzvikaše pred vratima:

— Dajte nam našu zaradu! Ugrabili ste našu muku! Otimači! Ljudi, svi smo izvarani!

G. Klar je izletio iz kancelarije s dvocijevkom u ruci. Treperila mu četinjasta kefica na lovačkom šeširiću.

— Gubite se, ništarije! Htjeli biste da vam pišivo drvo zlatom platim! Razbojnici! U Zagrebu ima na tisuće besposlenih, gladnih, koji bi to za mrvu kruha uradili! Otale!

— Mi smo se pogodili s direktorom drugačije!

-Tko je Klar, boga vam, ja ili direktor!? Tužite me!

Za veleindustrijalčevim leđima iskupilo se kućno osoblje: šofer je držao revolver, sobari i dvorjanici stajahu u raskoraku.

Miha Rabar se nezapaženo udaljio od uzrujana mnoštva i otrčao u općinu načelniku.

Cestom su dolazili oružnici.

Ljudi se uz mrmor razilazili. Padale psovke kao kamenje iz ogromnih šaka.

Razočarao se i trgovac:

— Osilio se, razgoropadio se naš imatnik! Rekoh li vam: kuda ovaki prođu, ne niče trava! Evo, već dva mjeseca bavi se u nas, a nije kod mene kupio ni žlicu brašna, ni kolut žice. A narod izvarao!... I njemu htjedosmo ponuditi pokroviteljsku čast!?

Pekar jednom ispekao dvije peći kruha i pripremio mliječne roščiće i rumene žemičke, a g. Klar nije uzeo ni jedan komad. Njegov hljebar peče u krušnici i pecivo, i kruh, i kolače.

Fotografu je odbio snimanje dvorca, jer će ga umjetnik izraditi u ulju, a aparat imade i sâm.

Razjarilo se vodstvo vatrogasnog društva: samo da bi mu dvorac planuo — ne bi ni prstom makli!

I gospodin župnik je promijenio svoje mišljenje. Govorio on jednom ljudima kako je to "hvalevrijedno nastojanje sačuvati naše narodne spomenike", a otkada je veleindustrijalac pozvao na posvetu dvorca i dvorske kapele samoga biskupa, te kasnije uz biskupsku dozvolu dao služiti u njoj misu nekom zagrebačkom kanoniku (protiv čega nisu koristila ni sva župnička prava), češće je s prodikaonice naglašavao kako će prije deva kroz ušicu igle nego bogataš u kraljevstvo nebesko.

*

Ratari su trojačili po pristrancima.

Ivan Tuča gurne nogom vrata svoje kolibe i, pognuvši se pred dovratnikom, iziđe van.

Vjetar mu nenadano uleti u razgaljenu košulju i stade u njoj prhati kao ulovljena ptica. Zapleo se o runjava prsa i, oslobodivši se, otprhne.

Uvrh krova klanjao se golub golubici. Njihali se cvijet i leptir u sladostrasnom poljupcu.

Tuča, uzradošten mirisima ucvalih trešanja, slatko protegne svoje divovsko tijelo.

Na škripanje kućnih vrata doleti iz staje golema kuja nabreklih sisâ i baci se šapetinama na Tučina prsa.

— Bura! — veselo uzvikne Tuča i čvrsto prigrli životinju.

Dug, mokar jezik zacrveni se radosno.

Kuja se kušala istrgnuti, ali je gospodar čvrsto držaše.

— Ajde, Bura, iskaži se! Navali! Ha, ha, navali, Bura!... Obori!

Nakostriješila se sjajna dlaka pod napetom igrom leđnih mišića. Oprezno je kesila zube u gvozdenim rukama najgoropadnija čuvarica i najbrži lovski gonič.

— Pazi, Bura — čuvaj da ne izvrgneš! Ne mori mlade Bura!

I Tuča snažnim pokretom oprezno povali silno tijelo.

— Oho! Oho! A kuda trbuh, Bura?! Oho, Bura!

Kliknuvši iznenađeno, naglo ispusti kuju, koja golemim skokovima upravi štali, te luđački pojuri za njom.

Blekne šareno teoce i poskoči na lančiću.

Ali Tuča krene ravno na hrpu stelje, gdje se polegla kuja, samosvjesno podigavši glavu i bljesnuvši žarkim očima.

Gospodar klekne na bujad i lagano se nadnese: na mekanu logu puzalo petero štenadi. Upinjali su se o dno ležaja i malim, vlažnim njuškicama slijepo brljahu za mirisom mlijeka. Peli se jedan na drugoga i sitno stenjali.

— Hop! — klikne Tuča i nasmije se grohotljivo jednome malom slijepcu koji se popeo na svoga brata i onda frknuo poleđaške natrag udno loga.

— Ho, ho, ho! Diži se, mali! Potrči! Ne daj se! — djetinjom radošću tepao Tuča postradalom psetancu.

— Blee! — ljubomorno zableji tele i, kao uvrijeđeno, okrene se od Tuče podigavši repić.

A Bura podatno prepuštaše nabrekle bradavice vlažnoj strasti bezubih čeljusti. Svojim ogromnim jezikom milovala je mališe i velike gazdine nadlanice.

Tuna Čoban, seoski bogalj, opružio vrat s praga i viknu Tuču:

— O Ivane! Zakreni vrat slijepcima dok svijet ne ugledaju. O, jadan kamen, o, jadni ljudi... ohromila općina, kao i ja, eto! Prebio joj Klar nogu Glavanovom drenovačom. O, o, Ivane!

— Evo, Tuna, zapali! — pružio Tuna hromcu duhan, znajući zašto Čoban tuguje.

— Hoću, hoću, Ivane; o, tužan li sam ti! Znaš, krenuo ja u općinu zarad onoga komada na Ravni koji mi agrarnom reformom dodijeliše... pa onda oteše. Krenuh Glavanu da ga upitam za pravicu, a on meni kratko odreže: Što će, Tuna, tebi zemlja kad pluga nemaš da izoreš, ni volova da popaseš!? Zato smo zemlju Klaru prodali, neka je njome bar što živiš plaćeno... O, jadan li se tamo isplakah! Još mi ni ovom nogom ne daju da zemlju dotičem...

— A zašto veliš da štenadi vratom zakrenem!?

— Ne rekoh uvjetar, Ivane! Došli u općinu na poziv Topol, Kađan i Matus. Kazano im je da nisu još ni dinara u ime lovozakupstva uplatili — i stoga da je lov Klaru dopao. Stali oni da se kavže s Glavanom što je bez njihova znanja prodao lov i dao im puške u srez odnijeti. Ne znam kako je dalje bilo, tek pomislih na te, kada ti je puška — i ralo i volovi.

Digao se Tuča s loga i natmuren izašao pokraj čobana. Zaputio se Petru Kađanu.

— O, o, jadni puzavci! — mrmljao Tuna štenadi povalivši se teško na hrpu stelje. Do njega se pružila kuja i zarila mu zube u drvenu nogu.

— Neće, Bura, oni za drvo... U meso ujedaju, za srce. O, o, Bura, za srce...

*

Uskoro je g. Klar stao tražiti lovopazitelje. Nitko od gladnih potrebnjaka nije se odazvao pozivu. Ali veleindustrijalac je htio da uposli domaće ljude. Stranac ne bi poznavao zvjerokradice i njihova skrovišta. Stranac nema doušljive rodbine.

I već se g. Klar užestio što ne dolaze na vabac naletice.

Dometnuo je mjesečnom prihodu godišnju odjeću.

Tako bijahu skršeni upornici.

Jedno jutro uvede Glavan u veliku blagovaonicu dvorca na kliski parket prvu pristalicu.

— G. Klar, naš Miha Rabar — prvi pazitelj! Vjeran kao pseto, žustar kao mačka, mudar kao lija — stara zvjerokradica!... On garantira još za dvojicu!

Šesti dan je Miha Rabar obišao sva sela s dvocijevkom na miški, u zelenom odijelu, s izvezenim hrastovim lišćem na ovratniku i koštanim pucetima. Dokoljenice zaturio u ulaštene sare.

Podjarilo to neke žene.

Sastale se pokarljice na perilu i zametnuše kavgu.

— Laju babe, mile moje, evo — kao ove pralice! A gle Mihu! Zeleni se kao bor, nove čizme navukao, prebacio pušku preko ramena. Što mu fali? Neka sirotinja sirotuje neka prkosice budale — a on pušku o rame, zeca u torbak i svakoga mjeseca pare u džep! — Muška glava, tvrda kao kamen, udara o zid. Pokaži mu vrata — slijep je! — izbroji karačica Dana Sečan, raskrečivši se nad vodom.

Zastale vodarice s čabrima na glavi, penjući se uzgoricom u selo. Pljuštila im voda preko rubova i kvasila obraze zalijevala grudi.

Bjelasale se u vodi debele noge pralja pod uzgrnutim suknjama.

Okružile ih žabe i radoznalo izbuljile oči.

— Dobro Dana kreše! — odobri jedna vodarica.

Zaklimaše ostale glavama:

— Kreše! Kreše!

— Kreke! Kreke! — zareðaše važno žabe, zaronivši naglo u mlaku.

Klopot pratljača, uz bučno jezičanje i glasni kikot žena, razlijegaše se perilom.

Još isti mjesec javila se u paziteljsku službu dvojica seljaka, Joža Sečan i Mika Brežan.

G. Klar je stao nanovo ograđeni zvjerinjak oživljavati Jelenima, srnama i košutama. Pazitelji su ih naizredice čuvali i hranili.

U Kupu je bacio par stotina ribica za rasplod.

U lovište je pustio nekoliko stotina zečeva da se razmnože.

U isto je vrijeme pročitao pandur sa crkvenog zida naredbu općinskog poglavarstva "Na znanje i ravnanje općinstva":

— Svi seoski psi imadu se držati na strogom vezu. Zatekne li se koji od pasa izvan sela, na zakupštini g. Klara, veleindustrijalca i veleposjednika, može ga lovopazitelj smjesta ustrijeliti. Isto tako bit će i s mačkama izvan kućišta.

Upozoravaju se napose žitelji da će se sa zvjerokradicama i ribolovcima, prestupnicima lovozakupničkih prava, najstrože, bez ikakvih obzira, postupati.

Pazitelji lova slušali su oštru naredbu.

Veleposjednik je učvrstio njihovu revnost posebnom nagradom: svaki od njih trojice morao je ubijenu psu — ili mački odrezati njušku, navesti je na žicu i donijeti je kao dokaz pred njega. Nagrada je iznosila pet dinara po psećem i tri po mačjem nosu.

Time su izazvali bijes naroda.

Ljudi se u proljeće nalazili na poljima, a s njima i psi prateći kola i volove. Lovopazitelji su ih strijeljali ljudima naoči. Događalo se da su ubili psa čovjeku koji ga u polju držao za ovratnik. Često su gađali mačke pred kućom.

Za mjesec dana bijaše pas u selu rijetkost.

Utihnulo je sasvim mačje mijaukanje.

Nakotilo se mnoštvo miševa i štakora po smočnicama i ambarima. U jatima trčkarali noću po izbočinama kuća, vrpoljili se u žljebovima, cviljeli po rupama. Mišomor nije koristio.

Po livadama uhiljadili se poljski miševi. Mišinjaci se crnjeli po travnicima. Seljaci gazili stopalima sitne potrkušce koji cvrkutahu po rupama. Drugi put sijali su kukuruz, jer prvi put bačeno zrnevlje, još neizniklo, izjedoše množine glodavaca. I druga sjetva bi uništena. Pšenica i ječam nestadoše na pomolu. Presadni kupus popasoše zečevi. Lisice i tvorci pljačkali su kokošinjce.

Čuvali ih lovopazitelji, štitila ih naredba općinskog poglavarstva.

Ljetno sunce izgaraše kao mučenik na lomači. Pred veličinom njegove boli ognjene vjetrovi i krošnje ustaviše dah. Utihnule ptice.

Zelene planine, lijeno izvaljene, sunčale se slične divovskim pragušterima, nazubljenih hrbata, što spavaju svoj vjekovni san.

Drhtaše usijani uzduh nad žarkim poljima. Vreli, žuti usjevi pušili se poput ogromnih, upravo dopečenih hljebova. Dolina, kao krušnica, po njima toplo zamirisala.

Stazom se vukla Tučina Bura isplazivši dug, crven jezik, kao užaren vrućinom. Isticala je rumene, od mlijeka nabubrele bradavice — slične velikim ružinim pupoljcima.

Naglo skrene u žito i stade se probijati gustinom. Šuštali su klasovi, krúnile se latice maka. Najednom joj postaše kretnje žustre, nagle. Topla zemlja ranoga ljeta zavonjala tragom. Svinuvši snažan vrat pojuri vijugavo usjevom.

Pred njom iskoči zec. Frkne iz gustine i nagne ugarom. Kuja se odbaci za njim.

Prasne puška.

Bura se prevali u skoku i teško bubne o oranicu.

Obližnja suma muklo zatutnjila. Nad jednim grmom zabijelio se prstenast oblačić dima.

U busenu na bočini kucalo uplašeno zečje srce.

Miha Rabar iziđe iz skrovišta. Zakroči preoricom i zaustavi se kod lešine. Na širokim prsima životinje poprskala je bijelu dlaku sitna, crvena rosa. Iz nabreklih bradavica kapalo je mlijeko i krv. Miha udari kundakom o golemo truplo. Prebaci pušku o rame i potegne nož iz korica. Poklekne pred kuju, stisne joj šakom gubicu, a nožem u drugoj ruci vješto zaokruži oko njuške. Na gubici zasrebrenila se pjena, koju stadoše rumenjeti dva tanka traka krvi, potekla iz nosnica.

Silno tijelo zadršće grčevito. Miha Rabar otrgne krvavu njušku i kroz nozdrvu provede žicu.

— Evo ti za gazdu... ružu u gubici! — promrmlja.

Pod strašnom krvavom ranom jezivo se iskesiše zubi.

Miha se obazre, obriše krvav nož o mekanu dlaku i onda brzo otkorača njivom. Nestade ga u grmlju.

Pognulo je glavu mnoštvo klasova, i kao rane zakrvariše makovi.

*

Nebo: saneno oko, umoreno vrelinom dana zastiralo se trepavicama sumraka. Bližio se selu sve glasniji smijeh i govor vraćalaca: kosaca, goniča i žetelica.

Od kuće u kojoj stanovaše Ivan Tuča prodiralo je bijesno režanje.

Kao nož paralo je seosku tišinu strašno, paklensko režanje.

Kako ne bijaše gospodara kod kuće, otrčaše nekoji do stana mu, te ne opazivši nikoga pred kućom pohitješe za zaleđe. Golema sjena bacala se bijesno na zakračunana stajska vrata i, uz potmulo režanje, strugali su resko kruti nokti po krilima.

Bura pobjesnjela! — vrisne netko, razaznavši kuju u sumraku, i bezglavo zagrabi putem. Raštrkali se za njim svjedoci s povicima:

— Bura pobjesnjela!

— Bura pobjesnjela!

Prepanute matere grčevito pograbiše djecu i zamandališe vrata. Razrakolile se ustrašeno prenute kokoši po kokošinjcima, i razdrečaše se djeca po sobama.

Petar Lenac iščupa iz hrpe na drvljaniku kolčinu i pojuri između kuća.

— Pero, stoj, Pero... evo Tuče! — razvikali se za njim ljudi, i zaista, kraj njega se nađe zaprepašten Ivan Tuča s dvocijevkom u ruci.

Poskoriše za njim.

Zaustavili se pred kućom.

Grozni, bezobličini lavež izlazio je iz životinje u sve mlitavijem obaranju na vrata — a iznutra odzivala se gladna štenad sitnim, nemoćnim cviljenjem.

— Bura! — vikne Tuča mahnito, a životinja zamukne, odbije se od vrata i baci se nemoćno pred njega.

Tiho, tužno režanje pratilo je umorno mahanje repom.

Tuča zanijemi.

Seljani, s kosama i sjekirama u ruci, odrvenješe:

Pod strašnom, krvavom ranom na njušci jezivo se iskesiše zubi. Golemim jezikom liznula bi kuja kadikad nakupljenu krv.

U groznoj šutnji čuo se samo sve tiši i tiši lavež gladne štenadi.

Tuča nijemo uperi pušku preda se i odapne.

Kao strašna prijetnja zagrmi tutanj — i još se dugo razlijegaše planinama.

— Živina! — izbaci drhtavo Petar Lenac — da barem nije s patronama štedio!

— Ne bi se digla da joj nije njušku skinuo — nadoda netko.

Negdje u mraku glasno zaridala žena.

Tuča naglo odbaci pušku, trgne sjekiru iz nečije ruke i otrči nizbrdicom.

— Isuse! — zavapiše žene, a nekoliko muškaraca se otisne za njim.

Tužnim, dalekim mukanjem javljahu se goveda s pojila.

*

Osilio se g. Klar, uzobijestili se pazitelji. Srditost obuze narod.

Uzaman su gorštaci procjenjivali štetu po njivama uzalud sazivahu odbornike procjenitelje da podupru njihovu tražbinu; zaludu bijahu sve tužbe, sve molbe, sve prijetnje. Načelnik je primao pritužbe općinskih područnika i, dvoličeći, odobravao seljacima, a zatim bi odlazio veleindustrijalcu i nosio mu "glasove vapilaca u lovištu".

A gdje su sredstva narodu da se parniči s njime?! Ima Klar novaca da bi njima, nanizavši ih, čitavu općinu opasao.

Komu da kažu: evo, okasnila pšenica i ostala sitnoklasa zbog miševa. Stao se kupus glavičati, a zečevi ga prije reda pobrstiše. Izjalovio se krumpir ranik, i podbacio grah na kolcima? Tko će povjerovati: Klar je kriv da je slab žitorod da je utajila berba, da su prazni kokošinjci i kace u podrumima? Tko će priznati da to nije potvora?

Tko će suditi po pravici?

Jednoga dana odlučiše ljudi, po uputi pijanice Mate Goršeta, da sami sastave molbu i da je uprave izravno, bez posrednika. Gorše je bio mnogo godina općinski pisar, a štoviše, postao bi bilježnikom znajući sastaviti napamet molbu na mađarskom i hrvatskom jeziku, da ga zbog nedopuštenog rukovanja pasošima ne otpustiše. Sastavio on u krčmi molbu, iskitio je krasopisom i pozivaše redom stradalnike od najuglednijih do onih što stavljahu križ.

Prilazili ljudi oprezno k stolu, nalakćivali se, uzgrtali rukave, umakali polako pero u tintarnicu (ogledajući ga pažljivo sa svih strana) i, malo isplazivši jezik, stavljali bi redom svoja imena, da je pero škripalo prijeteći veleindustrijalcu.

Ali ruka gospodina Klara je dalekosežna, svedohvatljiva. Njemu ne može ništa ni župnik, ni učitelj, ni Glavan, ni odbornici. On ne treba Goršu ispičašu da mu sastavi i napiše molbu, da ga uputi kuda će s njome i kako će izmoliti oprost od biljegovine. On se ne brine da li je trava na livadi dopojasna ili kržljava, da li su voćke rodne ili bezlisne, da li su čokoti teški ili potrveni. On vodi strijelu žicom u zemlju (kao kravu u štalu) — ne boji se da će mu dvorac sažeći.

Kako će onda molba mimo njegovo znanje, kako će pasti odluka bez njegova odobrenja, kako će dobiti seljaci?! Jer, ne samo da rješenje nije stiglo već su nakon osmog dana žandari obišli sela da saznadu tko je poticalac molbi, budući "nije po zakonu zatraženo u srezu dopuštenje u svrhu kupljenja potpisa". Mata Gorše odsjedio je četrnaest dana u kotarskom zatvoru.

Doteščao seljacima pritisak, užestile ih nepravde.

— Kad neće nitko da procijeni i da kažnjava, ostaje to na nama! — predloži Jakov Tišina.

Jučer je Miha u Bregu odnio mlinarima vrše s ribama. Istrčali pred njega mladi Petar i stari Mata, a on na njih cijev uperio da se ne primiču. I odnio mreže u grad — ispriča Luka Kočan, livadar seoske zajednice.

Upleo se, pocrvenjevši, i jedan od mladića iz prikrajka:

— I Tuču odveli žandari na Klarovu tužbu, jer da prijeti Mihi sjekirom. Kažu, silili ga da oda gdje mu je puška, ali nijesu saznali. Pa i u selu nema odajnika!

— Jadan Miha u svojoj koži!

— Teško njemu kraj Tuče! — zaređaše.

Sva sela živjela u omrazi s lovopaziteljima. Hladno zaziranje od njih prometnu se u zluradu mrzost, osvetljivost. Ako je jučer ostala nečija mačka u polju, ili pseto na livadi našao bi Miha ili Brežan u vrtu voćku okresanu ili u kolnici kola sasječena, ili bi natrapao na kokoš raščehanu u komadiće, s naznačenom cijenom 3 ili 5 dinara.

Jedno jutro opazi Glavan na svome prozoru kutiju. A kad ju je otvorio, bili u njoj srneći papci, zečje uši i perje jarebičino sa ceduljicom: Evo ti nogu, da me hvataš, evo uši, da me čuješ, i krila, da poletiš za mnom! Pozdravi Klara a ti omasti brke, pa ih zavilaši — da lakše bodeš!

Žandari hodali po selima prateći lovopazitelje koji obilažahu kuće i štagljeve. Vraćali bi se ili prazni ili s dvocijevkama i ostragušama jednocijevkama o ramenima koje bijahu zarđale i manjkave.

Lovopazitelji se u tami prikradahu Kupi. Gađali bi noćne lovce iz busije. Joža Sečan nastrijelio dvojicu Kranjaca koji su na kranjskoj strani ribali (a ona ne pripada veleposjednikovoj zakupštini). Par sumještana Brežanovih žvatalo je jezik u boli, vadeći ispaljenim nožem sačmu ispod kože.

Nedugo nakon toga našli su čuvari Klarova gaja prerezanu žicu i kožu košutinu pribitu o deblo. Na čavao bijaše naboden papirić: Poklon Klaru za ćilim, da si nogu ne natisne! Lovopaziteljima je zaustavljena dvomjesečna plaća u ime nadoknade, a zbog nepažnje.

Zaludu su cedulje s rukopisima sumnjivaca, uzetih iz općinskih arhiva, slali u Zagreb grafolozima — osvjetljivac nije pronađen.

I župnik, i trgovac, i pekar radostili se iz potaje prkosu upornikâ. Doduše, nikada nisu povlađivali, ali šutjeli su. Usudili se nekoji te ponudiše trgovcu divljačinu, krzna i ribe. Neki su, štoviše, dobivali od njega prah i upaljivače, pa dinamit s vrpcom. Umilostivili i župnika, "jer sve je to božje i nitko ne hrani i ne poji, niti štiti — osim boga". Petkom mu donosili ribu, a blagdanom divljačinu.

Ali jednoga dana dovezao se Klar u župu. Pogledao crkvu, uspeo se do oltara i promotrio okolicu sa crkvenog zida. Onda se uputio do župnika. Kažu, nadario je crkvu i pozvao velečasnog da, kao u stara vremena, odsluži misu u dvorskoj kapelici.

Nikola Sabljak, crkvenjak, ispričao ljudima kako su gospoda bila dobre volje, i kako je velečasni fino Klaru odgovorio.

Upita ga on:

— A kako je, velečasni, s onim vašim završetkom u propovijedima: I prije će...

— I prije će deva kroz ušicu igle nego g. Klar! — uskoči mu brzo gospodin župnik u riječ i, nasmijavši se, položi ruku na Klarovu trbušinu.

Dugo su se gospoda smijala župnikovoj šali. G. Klar se još u automobilu tresao grohoćući.

Javio je načelnik po odbornicima trgovcu da pripremi za g. Klara nekoliko vreća posijâ za krave i kukuruze za kokoši. Od pekara je svaki dan uzimao pecivo. Jedino fotograf se srdio što je njega mimoišao. Ali tješio se u nadi pekarovim ili trgovčevim zauzimanjem — i strpljivo je šutio.

Odsada su djeca češće dolazila iz škole uplakana, jer velečasni kaže da su lažljivci, a laž je smrtni grijeh. Od trgovaca bi donosila pune pregršti ljepljivih bonbona — a roditelji bi ih silili da to odbace kao kužno. Unaprijed su spremali djeci odgovore na župnikova i trgovčeva pitanja.

Međutim, i Tuča se povratio. Mrgodan i natušten. Izbivajući tjedan dana, mislio je da mu pšenicom zasijana njivica, ostavši nepožnjevena, prezorila i otrusila se. Pobojao se da su mu ono par brajda bez pudara pozobale ptice i obrali brentonoše. Ipak nije se obradovao kad je našao žito ovršeno i u vreće nabijeno, a prazne snopove zdjenute u krstine. Nije se uzradostio ni sočnim jagodama u grozdovima, koje se šećerile zoreći na suncu, netaknute. Nije pitao tko mu učini dobro, nije davao znaka od sebe. Tek su ga još manje viđali danju kod kuće, a kad bi se vraćao s danika, jedini susretnici u selu bijahu mu tvorci koji su se šuljali oko kokošinjaka; a i oni ga izbjegavahu.

Uto je porezao netko četiri reda trsova u Mihinu vinogradu i otrovao mu svinje utovljene kukuruzom.

Slijedeći dan u zoru izvršena je u Tučinoj kući premetačina. Tražili su škare kojima se obrezuje loza, isprevrtali mu ladice i ispraznili niše, da nađu otrov. Našli su jedne škare, zarđale, bez pera.

Kad su zaiskali da pođe s njima, Tučin je glas zvučao oporo, i na obnaženim mišicama nabreknule su žile:

— Ja nisam besposlac da dangubim! — okomio se i gledao ispitivača netremice u oči.

Odostraga sakupljali se uzbuđeni seljaci, i množina se cr-njela za njima kao oblak. Tučine su riječi tutnjile muklo kao grmljavina, oči sjekle poput munje.

Vodič se izdere na gomilu i zazveketa oružjem — ali ga uporna šutnja i podmukao njezin mir smete.

Uzme škare, othukne bučno kroz brčine i koraknuvši udalji se s pratnjom.

*

Zajesenilo iznenada.

Nebo nasumoriše oblaci, kao da ga se uhvatili golemi lišajevi. Dugačko zrcalo Kupe presvuklo se maglicom od hladna daha jeseni koja se naglo nada nj nadazrela. Po krošnjama drveća, nalik na operušane ptice, visio je, žalosno kao suza, po koji orošeni list. Raskišilo se i zastudjelo. Po raskvašenim i ukaljanim putovima žuborili mutni potoci i vukla se pokisla goveda, polegnute dlake, uz tužno mukanje. Pastirčići tapkahu za njima bosim nogama veseleći se mukloj ornjavi nabujale vodurine i vatri na slobodnim, razmeđenim livadama i poljima, bez poljara i zabrana, bez kvara i procjena, bez obada i plača, danih na ispust volovima i ovcama — jer su obrana i pusta. Raskrilit će nad vatrom promočen kaput na kolcima, a onda će na dimljivoj žeravici peći ispaljetkovane klipove kukuruza i popabirčene krumpire s izrovanih krumpirišta, dok će goveda hrapavim jezicima sabirati kržljavu travu i drpati je iz korijena. Ne oglašuju se klepke niti zvoncad, jer su zvečke i klatna ili uklonjena ili travom zadušena — tek se otužno rasteže grak-tanje vrana i bleka ovogodišnje jagnjadi, koja se privijaju uz majčino runo, dršćući na studeni. Pušile se pušnice po selima i širile miris sušenih šljiva i krušaka. Iz pecara izbijao dah rakije i vonjali po njoj seoski prolazi. Tučina krovinjara divno je mirisala topljenim pušjim salom, a na tavanu, umjesto žutih klipova, zlatila se obješena krznašca. Čitavu jesen obilazio je šume i vadio iz nastrtih, žirom nakrcanih dupalja gojazne puhove ili bi ih hvatao zamkama natopljenim uljem i omirisanima kriškom jabuke. Krznari, naučeni da se k njemu svake godine svrate, i ljetos bi odlazili zadovoljni.

Miha Rabar bi se svako jutro prije zore šuljao oko Tučine slamnjare, a kada bi zarudjelo, on se skupi uza zid i nagnuvši pažljivo glavu napinjao bi oči gledajući u sobnu polutminu. Nije opažao ništa; niti da zvjerokradica izvlači pušku negdje ispod greda, niti da je prelama i vješa o vrat pod kaputom. Iza

prozorskih stakala prkosno se rumenjele krupne, okrugle ja-
buke branice, kao obrazi tek probuđenih djevojčica koje su
radoznalo priklonile glavice uz okna.

Miha bi ljutit odlazio.

Isprva zadaždjela susnježica. Mokre, velike pahulje rušile
se okomito s neba, kao bijele mrtve ptice. Uskoro se zemlja
skrutila, a pahuljice usitnile, zagustile i, zalepršavši ukoso
pokrile crninu. Kaciga crkvenog zvonika pretvorila se u bijelu
šubaru i bećarski se naherila od nanosa.

Tih je hod po putovima, nečujno lete sanice i bezglavo
promiču konji uzagrapce. Mekan je put srni i zecu, gluho se
primiču kradljive lisice i provalnici tvorci. Zadušen je prasak
puške u prodolici i kroza šume, snijegom obložene ne odjekuje.
Nečujnost i mekoća pritajuju vuka, ne odaju zvjerokradice.

I jedini izdajica je trag. On vodi vuka do zečjeg skrovišta.
Po njemu otkriva lovac srnu i saznaje kada je na pašu krenula.
Njega slijedi čuvar, da prepadne zvjerokradicu ili da ukrijepi
svoje sumnje veličinom otisaka i smjerom bijega. Miha Rabar
je čeznuo da zasniježi. I kada se pojavio prvi snijeg, on je kra-
dom obišao kuće nekih sumnjivaca i zabilježio širinu i duljinu
njihovih otisaka. Tako će žandari lako provjeriti njegove sum-
nje, i nestat će njihove kolebljivosti. Odredio je hod i korak.
Jedan hoda rastavljeno, naširoko, i korak mu je velik. Drugi
stavlja ravno nogu do noge, i korak mu je sitan kao u lasice. A
treći ševrlja poput zeca i korača sad sigurno i nadugo, sad la-
bavo i nakratko. Na primjer, Ivan Tuča sastavlja pete, vrhove
neznatno rastavlja. Otisak svake noge položen mu je malo u
stranu i gazi prilično duboko. Hod mu je siguran i kao ne-
pregibljiv u koljenima. Jače staje na prste nego na pete. Duljina
otiska desne noge iznosi 35 centimetara, a širina stopala 14.
Korak ogroman. Katkada ostavlja za otiskom u snijegu ogrebo-
tinu pete.

Sjajile se Mihine čizme veselo dok je prtinao snijeg slije-
deći tragove. Ukraj nezgrapnih seljačkih stopala ocrtavale se
uske, kicoški zašiljene slike njegovih đonova i ženskasto za-
okružene pete. U njih se ne trusi snijeg, jer su sare visoke i ne
navire voda kroza čvrsto sašivene i isklinčane šavove na pot-
platima. Mihine čizme! Koliki su, gledajući ih, ukrutili i nakre-
nuli opruženu nogu zamišljajući ih na sebi.

Ali nakon prvog neuspjelog prepada na temelju otisaka,
Mihina lukavština bijaše otkrivena. Odsada je bio žrtva vlastite
stupice.

Pratio jednom neke svježe stope u snijegu, upravljene k lovištu. Po mjeri bijaše trag Petra Lenca, susjeda Tučinog i poznatog zvjerokradice. Kružio je trag neprestano oko svih draga, peo se na najviše pećine, spuštao se u najdublje vrtače i gubio se duboko u šumi, vijugajući među deblima. Satovi su prolazili. Miha se zaduhao, zasopio — a nema tragu kraja. Napokon nestade za stijenom punom pukotina koju je Miha znao kao leglo lisičje — i nije mu bilo vidjeti odlaska. Šuljao se tiho oko pećine, zaobišao ju oprezno s naperenom dvocijevkom. Sigurno će ga zaskočiti! Zaletio se naglo spram ulaza spilje.

Miha je pozelenio i ostao kao ukopan: pred samom jamom netko se opoganio.

Kada je malo pažljivije pogledao, opazi da se drznik udaljio na krpljama i tako ga dovedavši u zabunu — nasamario.

Dugo su sela grohotala za Mihom, a Petar Lenac mu se jednom u lice unesao prsnuvši u smijeh.

U mrkoj tami žmirkaju užežene lampe po kućama. Puše se utuljene petrolejke štedeći petroleum, i škaklja u podgrlcu žuka, gusta čađa udahnuta sa zrakom. Dremljivo svjetlo titra sjenama, i sklapaju se njima uljuljane trepavice. Vani pada snijeg, snijeg i snijeg — neprestano, neprekidno. Čini se, padaju oblaci, ruše se nebesa. Krckaju grane pod teretom, i lome se vršci voćaka. Gaze muškarci u šljivike ili jabučnjake i tresu prenatrpane voćke — kao u jesen plodom prebogate. Penju se na kućna sljemena i grnalom ruše s krovova snijeg koji se bučno uhrpava pod kapovima. Od kuće do kuće vode kao tuneli duboki prosjeci u snijegu, a sela vežu uske prtine, visokih, nagnutih stijena. Muški noću odlaze među goveda i konje u štale da se utople i prištede drva; a žene i djeca lijegaju oko peći. Muževi su već petnaest dana prikovani uz dom i štalu, slušajući mrgodno kuknjavu i zapomaganje žena, koje se vrzu po kući, trčkaraju u susjedstvo i uzimaju so ili zamjenjuju vunu za šećer. Kad pritijesni, izvlače iz škrinja, bez muževa znanja, pričuvan po koji američki dolar, i odlaze trgovcu. Djeca izlaze pred kućni prag i sahranjuju mrtve vrapce i sjenice, a kada ozebu, povlače se u kuću i kradom otvaraju prozorsko krilo da se skloni izgladnjela i prozebla ptica.

Velečasni ne napušta župni dvor.

G. učitelj praznuje zatvoren u toploj sobici.

Seoski trgovac podigao cijene namirnicama. Pekar stavio na dućanska vrata prijevornicu s lokotom.

G. Klar psuje u dvorcu sluge i pazitelje što mu uginuo u gaju najljepši jelen, kune seljake jer su od snijega i studeni popucale žice na telefonskim stupovima. A lovopazitelji navukli krplje i teško se kreću po dubokom snijegu.

Gladni zečevi dolaze u seoske zabrane i vrtove. Hvataju ih seljaci noću na zamke ili izmorene okružuju danju u dubokom, prhkom snijegu, oboružani batinama.

Čekači izmeću puške sa sjenika na izgladnjele srne koje je želja za sijenom privukla.

U selo Osojnik nagrnuli vuci.

Ljudi ih s mukom odbili od torova. Toljagama i vilama potisnuli ih u šumu. Kojima su rđale dvocijevke i karabinke na gredama štagljeva, bojali se da ih izvade.

Ivan Tuča naviljčio vuka i podigao ga na držalici rogalja. Bijesno, paklensko urlikanje ranjene zvijeri rastolegnu selom.

Čopor uplašeno nagne u bijeg krosred Osojnika, praćen vikom, lelekom i udarcima toljaga.

Tuča, koji je neprestano u čvrstom raskoraku držao naviljčena vuka, naglo baci nabodenu životinju na put i duboko u led zabije rogove.

Tako priklještena zvijer nemoćno režaše. Tučine čelične ručetine, raširenih prsta, ogrezle u krvi, ocrtavale se na bijeloj, snježnoj pozadini kao dvije grozne, crvene ruže.

Od Lemešove kuće prodiraše prodorno žensko naricanje i jezovit lelek.

Provalili mu vuci u tor. Tri su ovce priklali, jednu raskinuli. Čitava livada iza kuće bijaše kao golemo pismo osuto crvenim pečatima.

U Lenčevu staju uletio nezapaženo kroz pritvorena vrata vuk i napao privezanu kravu. U divljoj trci za čoporom nije nitko primijetio bolno mukanje.

Kada je Petar Lenac zloslutno ušao kroz otvorena vrata — u polutmini blistala su dva plamena žiška povrh bijelog, nadutog trbuha oborene krave.

Petar se baci na krvnika.

Pred kućom je vrištala žena. Strčali se goniči i navalili u štalu. Vuk je prednjim nogama stajao na truplu krave i krvološno režao.

Jedan puščani hitac prevali ga.

Iznijeli su Lenca na svjetlo. Duboka, tamna rana zjala mu na vratu. Cijedila se žuta krv kroza sitne zube. Režala mu otkinuta mišica desne ruke.

Žena je luđački izvalila oči i kriknuvši srušila se.

Petar Lenac je ležao mirno kao u lijesu, bijelom lijesu — opkoljen ružama koje se rumenjele, rasprosute.

Tiho, tiho je šuštao snijeg — tako se valjda čuju krila duše kad zalepršaju.

*

Noću se vukovi javljaju urlikom s vijališta.
Noću ne isluškuju pazitelji g. Klara.
Noću ne vide žandari.
Zato čekači uzimlju u mraku s gredâ i ispod rožnika pohranjene sačmenjače i karabinke. Iščekuju mrke sjene krvoločnih dolaznika.
Zato i vukovi ne navaljuju noću.
Danju strepe seljani. Stotiné se vukovi, pritajuju se u bliskoj šumi, spremni da nagrnu — a oni su oboružani kolcima i sjekirama.
Stigao glas iz okolnih sela da je g. Klar zahohotao čuvši o nesreći u Osojniku. Ujedno je obaviješteno žiteljstvo da su po šumama postavljene otrovne meke za kurjake.
Kažu, poslao je lovozakupnik svoje pazitelje da se nađu na domaku sela kada vuci navale — i zapraskaju puške.
Miha Rabar se jednom zavukao na vrh osojničkog sjenika i probdio noć. Sutradan odveli su oružnici Tomu Levara s lovačkom puškom o ramenu.
Smrtimice omrznuše Mihu.
— Da mu sudimo! — predloži Jakov Tišina.
— Govorili smo mu lijepo: nemoj, Miha, budi mekanijeg srca, ne obaraj se na nas kao na kurjake! Seljak si kao i mi, gladovao si i oskudijevao s nama, išao si u šumsku štetu kada te prazan želudac natjerao. Miha, brate, kako možeš — govorili smo mu u gostionici, nutkali ga vinom kao prijatelja. Nestat će Klara, susjede, nestat će, dragi, dvorca i žice, izbrisat će se međaši njegovu lovozakupstvu — ali mi ćemo ostati, mi, prijatelju, seljaci, tvoji suseljani, tvoji zemljaci, tvoja braća, krv tvoja i ovih planina! Mani, druže, ne budi ulažica, ne budi pripuz gospodski, ne budi pseto njihovo, ne budi krvnik naš za ono par dinara, za ono koprivnato odijelo i sare ulaštene! Budi čovjek! Zažmiri malo na jedno oko i sve će biti dobro. Reci: ljudi, znam, gladni ste, znam, pusta i mršava je hrana vaša, znam da i vi morate barem jednom založiti krepkije, obilnije. Evo vam, braćo, sama je zemlja rodila. Nitko nije tovio, nitko čuvao niti pojio. Uzmite dragi, uzmite iz njedara zemljinih! A kad bi nadodao: samo mili, znate da je paziteljstvo kruh moj i krov moj — pa čuvajte da ne dođe do ušiju opakih. Vjeruj, Miha, mi

bismo stisli zube, mi bismo stegli remen i rekli: čovjek je, pa neka mu bude! I, vjeruj, dragi, pustili bismo zečeve kao kokoši u svoja dvorišta da se domaće — i ne bismo ih dirali. Pazili bismo strogo jedan na drugoga da ti se nepravda ne nanosi! A ovako, Miha, ubijamo za inat tebi, za inat i uprkos! Zašto brate, da djeca za tobom viču: nosorezac, kučkoder, njuškorezac, mačkoder! Zašto da praviš sprdačinu iz sebe, zašto da navlačiš oblačine nada se?!

— A on je sutradan žandare doveo!

— Ubio je Buru Tučinu i njuškao za njim. U zatvor ga strpao!

Nastrijelio je Tomu Levara i na Matuša pucao!

— Kriv je smrti Lenčevoj!

— Poubijao je naše mačke i pse za sramnu nagradu! — izbrojiše jarosno.

— Da mu sudimo! — zaključe.

— Da mu sudimo!

*

Na sâm Badnjak predveče uletio Jakov Tišina u Tučinu kuću:

— Ivane! Miha te vreba u Jelenjaku. Popeo se na Oštarov sjenik. Stražimo od podneva. Kaže Matuš da ga prepustimo tebi.

— Skoči po Levara, trebam pogoniča! — ustane mirno Tuča i otvori mu vrata. Zatim podigne jednu podnicu, segne u otvor i izvuče dvocijevku. Prelomi je i nabije, onda skine kaput i zabaci remen o vrat. Dohvati bundu s klinčanika i zaogrne se.

Uđe Toma Levar.

— Sniježi! — naglasi Tuča značajno, opazivši sitne zvjezdice na Tominu kaputu koje se topile kao od poljubaca.

— Od prekojuče kao da je nebo usahlo. Okorjela se površina, i tragovi iščezli. Već sam se pobojao da ne bude zgode. Ali jutros zalepršalo, i sipa divno ko u mlinu!

Tuča navuče šubaru i pruži Levaru pogoničku batinu:

— Evo ti — pa da mi plašiš zečeve!

— Bit će i obuvenih! — nasmije se Toma, i začudi se Tučinu nenadanom grohotu! Odvikao se već odavna od njegova smijeha, gledajući ga trajno nevesela i natmurena.

Kada su došli na put, vjetar ih gurnuo u leđa da poskore, i jogunasto zaprašivši površinom zavrtio se kao plesač, preskočio kuće i odjurio brežuljcima veselo zviždukajući. Za njim se vitlao dugi, bijeli plašt. Pahuljice se zaletavale u oči kao mušice, uvlačile se u brkove i upijale u svaki nabor odjeće, željne da se utople. A pod njihovim đonovima resko je škripio snijeg, i oni koračajući skrgutahu čvrsto stisnutim zubima.

Stigoše do Jelenjaka. Uspinjali se visokim zapusima i spustili se u Jarak, lovačko zborište. Odavde su mogli nezapaženo promatrati Oštarov sjenik koji se kao kakva zlokobna neman zavalio u snijeg.

S tavanskog prozora na začelju spuštao se po ljestvama Miha Rabar. Zamače naglo za prosjek i nestane.

Tuča i Levar izađu iz zaklona i požure sredinom doline držeći se vidnih i nezastrtih mjesta.

Miha ih nazorce slijedio izdaleka i budno promatrao, vesela srca, kako se saginju, zaustavljaju i sašaptavaju međusobno. — Sigurno su naišli na trag. Sad će raskopčati kapute i provući puščanu naramenicu preko glave! Ustopice pratio ih uzbuđeno, zastajao i jurio s njima, sklanjajući se naglo za grm ili kamene kada bi naslutio da će se obazreti. Služio se svom lovačkom vještinom koju je stekao kao zvjerokradica gonjen od žandara i pazitelja. Ali Tuča i Toma se nisu mnogo zaustavljali niti ogledali.

— Sigurni su, i ne slute! — razveseli se Miha. Morao je upravo trčati, jer su krivolovci brzali uspinjući se po tragu i zalazeći sve dublje u šumu.

— Hoće da još prije mraka ulove! — sinu potjerniku, i on još krepče zagrabi za njima. Veselo su ulaštene čizme skakutale snijegom.

Kao da se i snijeg dao u potjeru. Žurio se i padao sve gušći, sve nagliji. Vjetar je podigao tek doletjele pahuljice uvis i vitlao ih u svim smjerovima. Činilo se načas kao da snijeg izvire iz zemlje, a načas kao da se s neba obara na nju. Nebo se borilo sa zemljom. Sopio je teško vjetar u koštacu s drvećem koje je u borbi mučno škripalo razmahanim granama.

Zaduhao se Miha, a pred njim brzo odmicahu prokletnici. Daleko je g. Klar, daleko su žandari — a ove su šume podmukle, pakosne. I vjetar je neobuzdan, prkosljiv. Mrak se bliža — a on je lopovski prislušnik i zatajuje djela razbojnička. Miha uzdrhti i naglo odluči da se povrati. Ali uto opazi kako je Tuča zastao, kako je odgrnuo kaput i preko šubare podigao pušku. U njemu toplo zakola krv. Pojuri naglo od debla do debla, pretrči jednu čistinicu, probije se kroz gustiš i pomamice jurne spram Tuče.

— Bježi! — povikne Toma Levar i dade se u bijeg.

Tuča skoči za jedno deblo.

— Stoj! — zagrmi Miha i opali.

Levar se glavačke sruši u snijeg.

Miha svrnu svu pažnju na deblo pred sobom. Uperio je pušku, zapeo kokot i, zaklolonivši se čitav, čekao da se pomoli ruka, noga, glava.

U krošnjama tulio je jezivo vjetar, kloparale grane i škljocale kao kosti. Uokolo između debala vukao se sablasno mrak. S bliskih vijališta dopiraše na mahove urlikanje kurjaka, doneseno vjetrom. Pred njim se izazovno isprsilo deblo hrasta, i kao da se krošnja na njemu paklenski smijala, kloparala svojim kosturom i orguljala mrtvačke pjesme.

Miha protrne.

— O, Ivane! — poviče izaglasa.

— Ivane, iziđi, neću ti ništa! — produži drhtavo, a u sebi pomisli kako bi odapeo pušku i onda brzo pobjegao iz šume, zaobišao izdaleka Osojnik i preko stelnika utrčao u žandarmerijsku stanicu.

Ali iza debla nije se nitko pomakao, niti odazvao. Grohotala je i dalje krošnja, škljocale su kosti, urlikao vjetar i mrak zatvarao prostor kao u grobu.

— Miha! ha! ha! ha!

— Miha! ha! ha! ha! — presiječe šumom jezovit grohot.

Mihu oblije znoj.

— Miha! ha! ha! ha! — smijala se šuma, grohotao vjetar.

On zaškilji stravično iza debla i užasne se: mrtvi Levar digao se iz snijega i mahao batinom iznad glave.

Miha zaboravi položaj, iskoči iz zaklona i drhtavom rukom podigne cijev.

Iza hrasta plane podmuklo puška.

Miha se bezglasno sroza naznačice.

Tuča brzo ostavi deblo i nadvisi se nad lešinu. Mirisalo je oštro po barutu. Čitavo lice bijaše krvavo i pocrnjelo. Iz duboke, okrugle rupe na sljepoočici lopila je crna krv. Zbog blizine hica zabio se papirnati čep u tijelo, a barut je spržio kosu i vlasi.

Dotrči Levar i mrko se nažme nad mrtvaca.

Obojica se iznenada sagnu, pograbe lešinu za noge i odvuku je na čistinu.

U bliskoj šikari naslućivali se vukovi. Dokasali na pucanj. Tamilo se.

Tuča prisloni lešinu uz deblo. Toma mučke čučne, izuje Mihi čizme i usadi ih čvrsto u snijeg.

— Šteta je obuće! — protumači.

Tuča prebaci pušku i, ne obazrevši se, krenu.

Toma mu se priključi.

Fućkao je vjetar koračnicu, plesale su veselo pahuljice, i bjelasali se u tami snježni nanosi — kao da se noć smješka.

Sa čistine razlijegalo se kroz tamu radosno vučje zavijanje.

*

Do zore zamest će uslužno snijeg ponovac tragove, a vukovi će sahraniti Mihu.

Ostat će samo, u borbi s kurjacima, izmetnuta puška, i pokraj nje laštit će se na danu Mihine čizme.

USKRSLO PROLJEĆE

Danas je kod Krupićevih sve nekuda tužno. Kao da se i stara kuća snuždila, prem je mazi po slamnatu krovu orahova grana i kao da šapuće presretna:

— Proljeće je; eto pupova, eto lišća, zelenila... života!

A u maloj izbici podbočila se o prozor mlada Janja, majka, žena, a vruće je čelo prislonila uz hladno staklo; jer to blaži bol, i suze teku lakše, slobodnije... Da, proljeće je, i sad na će procvjetati jorgovan onim divnim mirisom, onim mirisom koji je natapao njegove mlade grudi blaženstvom, srećom. Sjeća se, nebo je bilo modro, prekrasno modro, a mlada se trava zelenila i šuštila, pjevala — proljeću... Hiljade je i hiljade cvjetova sagibalo poljima i vrhovima svoje nježne glavice, i kao da je s lastama, s vrapcima, šumom i ljudima pjevalo u zanosu pjesmu Bogu i Uskrsnuću: Aleluja! Aleluja! A vjetrić je put nebesa nosio dar cvijeća i proljeća — miris i pjesmu...

— Ivane! — šaputale su njezine usne, a mlado je sunce zlatilo njenu plavu kosu, mlado je nebo sipalo svoju modrinu u njene duboke sanjarske oči.

— Janjo, nebo moje... — otrglo mu se iz širokih grudi, a crne su oči pile njenu ljepotu i nektar s purpurnih usana njenih.

— Aleluja! Aleluja! — zapjevala je ševa, dok se digla od jorgovana i plovila povrh kuća.

Janja je bila sretna i presretna; osjećala je tek jedno, osjećala je svetu proljetnu ljubav. Njeno je srce igralo, poskakivao, titralo, ko površina tihog jezerca za lahora.

Ona, sirota i jedinica boležljivog starca udovca, ljubila je Ivana Krupića, sina seoskog bogataša. Koliko je samo prezirnih pogleda podnesla i pogrdnih riječi iz usta nemilosrdnog gavana. Otac je grdio sina što miluje siromašnu djevojku, jer njegov imetak nije zato stečen da tuđu golotinju oblači.

Ali došao je onaj gorki čas koji bi morao biti pun blaženstva; Ivan je Janju oženio. Stari je Krupić gorio od srdžbe i jada, a nakon par dana pronio se selom glas, da je stari mladog Ivana razbaštinio.

Janja ga molila da posluša oca, da je ostavi, da je zaboravi. Ali Ivan je ostao kod svoje riječi:

— Janjo, živjet ćemo u tvojoj siromašnoj kući uz starca oca, prehranjivat ćemo se ovom mrvicom oskudne zemlje, ali ćemo biti svoji.

I živjeli su. Stasiti je Ivan pograbio ručicu i lemeš, te zarezao oštrim plugom prvu brazdu, a Janja je zasadila uzdahom i molitvom.

Prolazio je mjesec za mjesecom, godina za godinom u oskudnom življenju. Stari je djedo, otac Janjin, zibao jednogodišnju Ružu, majčin pupoljak, uvijek nasmijanu i tihu. A mali Milivoj sjeo bi mu na koljena i za dosadnih zimskih večeri slušao bi priče iz starih zlatnih dana.

Bilo je to za jednog tužnog jesenjeg dana. Sve je opustjelo, vjetar je pjevao opijelo čitavoj prirodi, a bjelokosi je djedo iskašljao zadnju snagu iz svojih staračkih grudi.

— Djedo, djedo... — jecala su djeca, a siromašna je majka nemoćno lomila ruke sama, prezrena.

Ivan je otišao po drva i pobrao nešto suhih grana u zajedničkoj sumi. Došao je sav mokar i iznemogao, a na lije-pom licu odrazivala mu se bol, golema bol.

Kad je začuo za smrt starčevu, poletio je u sobu i ogrlio ženu i djecu, a na usnama lebdila mu utjeha, nemoćne i lijepe riječi:

— Moram vam pomoći!

Nekoliko dana iza starčeve smrti obilazili su sva okolna sela agenti, koji su tražili ljude Gorane za Francusku. Javilo se mnogo mladića i muževa spremnih da zaslužuju u tuđini koricu hljeba za sebe i svoju obitelj. Javio se i Ivan. Potrčao je kući i presretan ogrlio ženu, te joj sve na dušak ispričao.

Janja je samo problijedila i gledala u nj kao da ga ne razumije, poražena u svojoj nutrini.

— Ivane, istina je, poljane su puste, drveće golo i crno, pa i naše ljubljene laste ostavile su gnijezdo pod našim krovom; ali ne ostavi ga ti. Ne, ne, Ivane, čuj me, svanut će opet naše proljeće. Ne ostavi me!

U njenom se plavom oku caklila suza, njene su se grudi nadimale, širile, a srce se stislo kao malena ptičica koja dršće pred zimom.

Ivan je stajao pognut, crne mu kose pale na sumorno čelo, a duge se trepavice rasklopile i pod njima zasja oko molbom, dok mu se s usana otkinule blage riječi:

— Moram, ne traži od mene ono što je nemoguće, vjeruj mi, odlazim samo zbog naše sreće, jer tamo ću raditi kao crv i donesti kući ono što je nama najpotrebnije — novac. Pokazat ću ocu, da me ništa ne sprečava u životnoj borbi; a ja ću jednog proljeća doći zajedno s našom lastom pod krov našega doma.

Došao je dan odlaska Ivanova. Kada je onako mlad, vitak i lijep, stajao na vratima vagona, a lokomotiva kriknula u maglu, njeno se srce stislo i objesilo o suho grlo.

Ivana je progutala jesenja magla.

Minula je zima u molitvi i strahu. Granulo je proljeće, a došle su i laste. Čekala ih: a one kao da su joj pričale o Ivanu, o njegovoj borbi, o njegovoj velikoj ljubavi...

Stizao je list za listom, pun topline, muke i utjeha, a jednoga dana je primila novce.

"To ti je za Uskrs..." — pisao je Ivan. Ona je grlila njegove retke, upijala svako slovo u svoju dušu.

Svaki bi čas koji listić, kao komet, rasvijetlio tamu njenog životarenja, a djeca su rasla i proljeća odmicala...

"Ivane, pisala mu je, mali će Milivoj ove godine u školu."

Jedan list iza toga, jedna pošiljka, i Ivan se nije više javljao.

Već je stigao kući Marin Joso, Mikićev Frane, Barini sinovi i Nevenkin zaručnik Pavle. Svi se vratili sretni, nasmijani, i sa mnogo novaca. Ali njega nema. Bježala je od jednog do drugog Ivanovog prijatelja, ali svi su rekli samo jedno:

— Bio je s nama u šumama i dobro zarađivao, ali eto, tomu će biti naskoro tri godine, kako je nestao. Nitko ne zna, kuda i kamo. Sigurno u koji grad, u tvornicu, gdje je moguće i nastradao.

— Zar ti ljudi nemaju srca — jecala je — da tako nehajno nagađaju o njegovoj smrti.

— Moguće, moguće — ridala je dane i dane — da mu je srce zdrobio koji golemi stroj, da je nestao u dubljini kojega rudnika...

Iz Francuske su stizale vijesti o poplavama, o orkanima, o vatrama koje su zahvatile goleme površine šuma. I njeno je srce pucalo, slabilo je; briga, bolovi, žalost i rad iscrpili su njeno zdravlje i jedno je jutro ostala u krevetu. Bijela ko bijeli krin, iznemogla i bolesna...

— Majčice — tetošila je kćerka svojim sitnim glasićem — ne plači, vidiš li, kako je bratac velik, eno pošao je u šumu po drva da ti bude toplo... On je tako dobar.

Jedina su bila njezina sreća i utjeha djeca, ona su hrabrila njenu polomljenu dušu i časom joj porastoše krila, te bi se opet vinula u sanjarenje, u nadu. Mislila je... ne, nije umro, doći će on velik i lijep, doći će k meni, k djeci...

Ali je opet kruta stvarnost razorila njene nade i maštarija i bolna joj duša šaputala: "Da, doći će, doći će k tebi i zagrliti križ vrh tvoga groba..." Čitavu je zimu sprovela u krevetu, a mali joj Milivoj nosio jelo od bakice koja plače dane i dane, jer je otac nemilosrdan. Poslala bi joj drva, kolača i pregršt utjehe, utjehe od njezine nesuđene majke. To je blažilo njenu dušu ko melem, i ona je osjećala, kako nestaje leda s njena srca, kao što i snijeg ostavlja gore i doline, a led puca ugrijan proljetnim suncem...

Još je jednom naslonjena o prozor proživjela sav svoj život, i sreću i nesreću.

— Nebo, nebo, oh to modro nebo — jecala je za prozorom.

— Lasto — šaputala je lasti što je lebedila oko kuće — jesi li ponesla s proljećem i pozdrav na svojim krilima?

— Aleluja! Aleluja! — zapjevala je ševa...

Pošla je k jorgovanu i sjela na klupu, prvi put nakon šest mjeseci ustala. I opet je jorgovan mirio, i opet je leptir ljubio ljubičaste čaške, a njega nema sva sretna, sva nasmijana... Kao da je pjesma prohujala preko njenih usana.

— Janjo — viknuo je netko i zagrli je svojim snažnim rukama. — Janjo, nebo moje!

A ona je osjetila žar crnih očiju i dugi cjelov u mirisu jorgovana... Baš kao i onog proljeća...

— Ivane — otelo joj se iz grudiju, više nije mogla, zanijemila je od sreće i blaženstva. Njen lijepi Ivan vratio se kući, sretan, jak. Njezina sreća...

Još je jače jorgovan zamirio, još je ljepše zapjevala ševa, a iz tornja seoske crkvice zapjevala su prvi put zvona proljetnu pjesmu: Aleluja! Aleluja!

Otac je zagrlio sina koji je u tuđoj domovini našao zaradu, prem je ukrasila crnu njegovu kosu po koja srebrna nit, a meko je i bijelo lice pocrnilo, otvrdnulo...

— Željo moja — plakala je od radosti majka. — Gdje si bio? Zašto se nisi javljao?

— Parobrod me ponio preko oceana u Argentinu kao mornara, gdje sam ostao, a nisam se smio javljati. I eto me, rudnici su crpili moju mladost, ali danas može moja kuća da proslavi Uskrsnuće.

— Sinko — javi se stari Krupić, a glas mu zadršće — kćeri, oprostite, ja sam to skrivio, ja i moja pohlepnost. Vidim što može ljubav i sloga. — I starac suznim okom zagrli Janju, djecu i Ivana, te ih pozove da zajedno proslave Uskrsnuće Sina Božjega.

Ivan se odazvao. Oprostio je sve, a Janja se u času preobrazila, jer je uskrsnuo onaj koji je posjedovao dio njezina života.

Danas je kod Krupićevih veselje i radost, a priroda kliče:

— Proljeće je, eto pupova, eto cvijeća, eto pjesme, zelenila... života!

A zvonovi su skladno zapjevali pjesmu uskrsla proljeća...

ZA PROZORSKIM STAKLOM
(Tragedija jedne djevojke)

Roditelji su joj umrli, a stric se sa svojom ženom nastanio u njihovoj kući i dalje točio vino u gostionici i prodavao robu u dućanu. On je bio skrbnik malodobne, a ljepuškaste sedamnaestgodišnje Marice. Otac njezin predao mu je kuću i bratski ga zamolio na smrtnoj postelji da se brine za njezinu budućnost. Obećao je. Prošlo je par mjeseci i žena stričeva zamrzi mladu Maricu, psovala je i rugala joj se na svakom koraku. Često je ogorčena Marica otišla na grob svoje majke i gorko plakala. Jednoga dana izmolila se za roditelje u seoskoj crkvici, poljubila križ na majčinu grobu i otišla u općinu k bilježniku po služinsku knjigu. Nevjesta se u duši radovala, a stric, da se ne osramoti pred svijetom, odgovarao ju je. No, ona nije odustala; molbe, za koje je znala da nisu od srca, nije slušala.

Došla je u velegrad Z. Upitala je stražara za "Ured za namještanje mladih djevojaka". Jedna debela gospođa promjerila je od glave do pete i turnula joj neku cedulju u ruke. Kod nje je ostavila sav novac i stvari. Imala je sreću. Djevojku sa sela, nepokvarenu, marljivu, vole u službi. Dvije mlade, namazane gospojice ponudile su joj 250 dinara na mjesec, koštu i stan. Trebala je nastupiti u jednom velikom restaurantu kao konobarica, a te dvije vrlo prijazne djevojke pričale su joj, kako su i one tu namještene i bit će joj lijepo, samo mora biti pametna. Uzela je stvari, platila dvadeset dinara onoj debeloj gospođi i otišla s njima. Vodile su je ulicama punima ljudi, punima grad-skog života. S njima se naskoro sprijateljila, opazila je, kako su Anka i Maca dobre, tek joj se nije sviđalo njihovo ponašanje, namigivanje mladićima ili kojemu elegantnom starcu. Dapače, Anka je i nju smiješeći se onako od šale boksnula i upitala je malo začudno i veselo:

— Marice, zašto si tako mirna; gledaj kako te mladići i bogatuni promatraju, nasmij se, namigni im! — a ona je zaplakala. Anka je pogledala Macu, a ova nju, nasmijale se i povukle je veselo kroz svjetinu.

Ušle su u restaurant. Još nije bilo gostiju, tek ogromne svjetiljke gledale se sumorno u svijetlom parketu i zrcalima po zidu. Za vratima sjedio je gospodin, malen, suhonjav, i njegova gospođa, žena pedesetih godina, debelastoga i namrštena lica, pod nosom crnilo joj se par debelih dlaka.

117

— To je nova drugarica — reče Anka veselo i turne Maricu pred blagajnu.

— Otkuda ste? — upita gospođa. Marica je drhtala, pogledala je samilosno i šutila.

— Sa sela — odgovori Maca. — Pogodili smo se za 250 dinara, a nešto će znati, jer su imali kod kuće gostionu. — Primile su je obje ispod ruke i odvele u sobu.

. Mali je gospodin šanuo nešto debeloj gospođi na uho, a ova mu odgovori stisnuvši masne usne:

— Ima lijepo tijelo, meko i fino lice, dat će se nešto zaraditi!... — Mali se čovjek lukavo nasmijao i pošao da dade služinčadi naredbu.

*

Već je par dana u restaurantu, nešto je blijeda i tužna. U glavi vrzu joj se uspomene sa sela, malena crkvica, groblje, majka, otac i onda se sve to rasplinulo u gadne slike iz sinoćne zabave u restaurantu. Mladići, pijani starci, napo gole žene, razvratan noćni život, smijeh, nekoji starci kako joj se smiju, buka nesnosne muzike... I onda onaj slučaj od sinoć — jedan gospodin šaputao je nešto s gazdaricom i pokazivao na nju, a ova mu se nasmijala i primila od njega novce... Onda je on prišao k njoj, htio da je poljubi, a ona ga zgrabila šakom za nos i pobjegla u dvorište, pa u aleju... Ujutro je ušla u šalu, razbijene čaše, sumorne i pijane glave ljuljale se na stolicama, a Maca i Anka ljubile se u fotelju s nekom gospodom i lijevale im šampanjac u usta. Sve se razišlo, gazdarica je prišla k njoj i strašno je stala psovati:

— ... Ti... ti ćeš moje goste rastjeravati, ili ćeš biti onako, kako ja hoću, ili se izgubi.

Maca i Anka je nekako umire i nasamo joj kažu, kako još ona nije upoznala svoju dužnost, a one će je već podučiti. Odvele su zaplakanu Maricu u sobu i lijepo joj savjetovale da bude drugi put pametnija, jer tako neće živjeti u gradu...

Najvoljela je stajati za velikim prozorskim staklom: dosadna jesenja kiša blažila je njenu bolesnu dušu; pred očima uskrsavale joj mile uspomene sa sela. Kao da je čula šapat majčinih usta u molitvi za svoju nesretnu kćerku, i suze je vidjela u njezinim očima... Trgla se... ulicom prolazili su ljudi, opazila je nekoliko mladića, kako joj se smiješe, nešto među sobom šapuću i onda je naglo potegla zavjesu na prozoru. Uvijek je to činila ili pred kakvim mladićima ili razvratnim starijim ljudima.

Njihov je lisičji smijeh i blistav pogled ranjavao u dno njezine duše i mile vizije prekidao, pretvarao u bol, u očaj. Tako je bilo i toga dana, zavjesa se uvijek micala i začas pomolilo se blijedo, prekrasno lice na prozoru, a začas potjerao bi ga koji lukavi, požudni smiješak ili mig oka.

Tek jednom nije maknula zavjesu... I tada je gledala, kako bolesno sipi jesenja kiša, a lijepi mladić ispod stara kišobrana slučajno je pogledao na okno, zastao, zacrvenio se i brzo šmugnuo ispred prozora. Ona je znala, kada će prolaziti i tada ga je čekala, a on se već usudio skinuti šešir; jednom joj se tako milo, tako lijepo nasmiješio... Kako joj taj smijeh godio! Nije to onaj smijeh, koji ju je pekao kao teški grijeh, koji ju bo kao čelični nož u srce. Već su se poznavali po mjeseca... Toga je dana padala takva kiša, kao da će nebo pasti na zemlju, a strašni je vjetar bacao na mahove mlazove vode sa žutim i mokrim lišćem o prozore... I opet je išao, kišobran je stisnuo uz slabu odjeću. Opazila je da mu ga vjetar preokrenuo. Stao je pred staklom, a jak mlaz vode udario mu u leđa. Otvorila je vrata i pozvala ga unutra. Ušao je tiho i pozdravio. Plavi brčići micali se, pružio joj ruku, predstavio se tiho, sramežljivo, tek je čula ime:

"Pavao..." Nikoga nije bilo, gospodari se odmarali iza objeda, a Maca i Anka otišle su u kina. Donesla mu je čaj i nagovarala ga da pije. Stala ga ispitivati i kad se malo sabrao pričao joj svoju prošlost:

— ... I tako — uzdahnuo je sumorno — umro mi otac, a majka me poslala u škole da studiram medicinu. Bili smo bogati, ali otac rastepao sav imetak kartanjem. Sada živim od instrukcija. Moram vam reći, zašto sam došao... Vi se ne srdite... je li?... — šaputao je tiho, a ona se smiješila i vruće joj suze kapale niz lice. — Eto, došao sam da se oprostim. Majka mi je obolila, moram kući. Jednako bih vas molio, budite tako dobri i pođite sa mnom u kino. Moguće sam drzak, oprostite... — i ustane. Ona je gledala u njega, smješkala se kao u snu i onda nenadano potrčala u svoju sobu i izašla obučena pred njega. Uhvatila ga za ruku, otvorila kišobran i pošla s njime.

*

Vraćala se kući. Bila je noć. Pavao je otišao vlakom k majci; još joj sada zvone u ušima njegove tople, tako sjetne riječi... Osjećala je svu težinu života, svu gorčinu rastanka... Ušla je u restaurant, sala za goste bijaše puna, dim, vika, smijeh širili se među zidovima. Pošla je naglo u sobu, a za njom gospođa, mrka i užasna pogleda. Škrgutala je zubima, raširila debele ruke, a vrata se za njom zalupila.

— Ti, razvratnica, da, da, poštena djevojčura, to si ti ona nevinost, ha, tako, skitaš se po noći s propalicama, a bogatu gospodu odbijaš, tjeraš ih od sebe... Čekaj, ja ću tebi pokazati, smjesta da si se sutradan odavle izgubila! Ti, varalico, ostavljaš kuću samu i odlaziš na pustolovine s podrapancima. Gubi se!

Zalupila je vratima i nestala iz sobe. Marica se bacila licem na krevet i plakala, gorko, ko da će joj pluća iskočiti, kao da će oči isplakati... Tako je plakala do jutra. Pokupila je svoje stvari, uzela košaru i izašla, a gospođa joj preko Anke poslala zasluženih 200 dinara. Anka je plakala, otpratila je Maricu i turnula joj od svoje i Macine plaće 100 dinara. Poljubila je u lice i ušla u restaurant.

Marica je hodala ulicama i vukla za sobom košaru... Blijeda, slaba, hodala je tako sve do podneva. Prolazila je alejom gradskom, a jesenje lišće kapalo je na nju. Nije osjećala okoline, nije mogla da misli, tek je tupo gledala pred sebe i tromo, korak za korakom, vukla se po mokroj ulici. Najednom zastane... Sastala se s nekim visokim gospodinom, udarila je glavom u njegova prsa. Pogledala gore i užasnula se, pred njom je stajao onaj stari i bogati direktor bankovni, kojeg je one večeri udarila. I sada se lukavo smješka i nagne se nad nju:

— Kuda, gospođice? Šta ste bez mjesta?...

Marica je šutila, blijeda i nemoćna.

— Zar se srdite, nemojte, molim vas, znam, bio sam bezobrazan, šta ćete, vino i najpametnijeg zaludi. Ja sam oženjen čovjek, otac, pa si nećete valjda o meni loše misliti. Ako ste bez službe, uzet će vas moja žena, a za uzvrat na onu nezgodu dat ću vam 600 dinara mjesečno. Hoćete li?

Marica je stala očarana, kako li uvjerljivo govori taj stari gospodin, kako je uopće mogla o njemu loše misliti? Eto, nudi joj službu... i uzme iz njegovih debelih ruku posjetnicu.

Još je čula, kako joj je viknuo odlazeći:

— Javite se meni u jedanaest sati ujutro... vila Mira, Vidikovac broj...

*

Često je opažala da se gospođa upušta u razne ljubavne avanture, ali je uvijek šutila. Danas su otišli u kazalište, a ona je ostala sama. Uto netko pokuca na vrata. Ona ih otvori i uđe gospodin. Reče da je nešto zaboravio, ona mu je pomogla tražiti. Nije ni opazila da je za sobom zatvorio vrata. Pogledala je njegovo strašću iskrivljeno lice, tek sada je opet osjetila onaj lukav, zmijski pogled... Skidao je kaput. Ona je skočila i kriknula... Stala je bježati oko stola i onda ju uhvatio među stolom i ormarom, ogrlio je debelim rukama i rastrgao košulju na prsima. Pograbio je i ponese na divan, bijele jedre grudi prsnuše ispod poderane košulje van, a ona ga grizla, štipala i udarala nogama. Tek je osjetila njegov oduran, hladan poljubac i pade u nesvijest...

*

Rano ujutro našla se na svom krevetu... U polutami vidjela je ormar, da bila je u svojoj sobi! "Zar je to bio samo strašni san?! Ne, ne, nije" — nešto joj šaptalo u duši. Uto uđe kuharica i zovne je:

— Marica, ustanite, milostiva zove!

Ustala je, bilo joj je teško, čitav kaos od misli motao joj se mozgom. Slutila je strašnu nesreću. Jest, sada se sjetila onoga događaja, bilo joj je da očaja... Lagano je stupila u sobu, gospođa je nešto vikala, okrenula se prema vratima i izdere se:

— Slušajte vi, dok sam ja bila u kazalištu, nestao je moj zlatni sat, vi za njega morate znati!?...

Marica se snebivala, blijedo lice još jače pobijelilo, do prozirnosti. Stajala je nijemo, kroz suzne oči kao kroz maglu vidjela je gospođu, kako maše rukama, i onda je uzela jednu limenu škatulju i bacila je prema njoj. Marica je vrisnula i crvena krv poteče joj niz lice...

— Van... — vikala je gospođa. — Tatica, kradljivka, van!...

Uto uđe gospodin, turne Maricu van i umiri ženu.

— Dobit ćeš, ženice, drugu ljepšu uru, isplati je pa neka ide...

Dozove kuharicu i dade joj 600 dinara za onu "kradljivku", da se izgubi...

*

Opet na ulici, propala, prezrena... Niti oči više ne suze, presušile su... Mozak ne radi, otupila je... Kuće, auti, drveće, njihalo joj se pred očima, a noge i ruke odrvenile, svaki čas može da se sruši... Jedan elegantni auto strašno je zatrubio, malo da je nije pogazio. Ona je stajala i nepomično motrila auto, kao da ga ne vidi, ne čuje zov nekog mladića...

— Marice, Marice... — zaori očajan krik bučnom ulicom.

— Marice, šta ti je, čuj me... — kriknuo jer mladi i bogato obučeni gospodin.

— Čuj, Marice, ja sam, ja tvoj Pavao — tepao joj je u uši...
— Čuj, oženit ću te, sada sam bogat, moćan. Ujak iz Amerike namro mi golem imetak...

Ona je stajala tupa, bez osjećaja, kao bez života... Drmao je i grlio, tek je lagano pomakla oči i "šanula: "Pavao"... te pala u nesvijest.

Auto je jurio ulicama, očajno trubljenje orilo se među palačama... Naglo je stao pred jednom kućom, i bogati mladić, uz pomoć jednog čovjeka, iznese iz kola mladu djevojku.

... Pavao je nervozno čekao pred vratima liječnikove kancelarije. Vrata se lagano otvorila, tiho je izašao liječnik i rekao mladiću:

— Gospodine, oprostite, šta je gospođica vama?

— Zaručnica... — šane ovaj.

Doktor je klimao glavom i reče pogledavši začuđenog mladića:

— Žalim, gospodine, ali ona je... zaražena!

— Za...ra...že...na.. — krikne očajno mladić dugim hodnikom.

Primio je liječnika i drmao ga kao luđak:

— Gospodine... zaražena, recite, je li istina?

— Jest... — odvrati liječnik mirno.

Mladić je potrčao na ulicu i odjurio luđačkom brzinom u auto. Isti dan primio je liječnik od mladića list, u kojem mu šalje ček na novce da izliječi djevojku i da joj saopći da je sve među njima zauvijek svršeno — — —

*

Tumara, ulicama lijepa i blijeda djevojka.... Zvonilo joj u ušima pismo Pavlovo... "sve je među mama zauvijek svršeno..." i bi joj da se ubije. Lutala je bez cilja, i najednom opazi ispred sebe poznatu osobu... Brzo se okrene i htjede natrag, ali uto se ova okrene i veselo je zovne:

— Marice, Marice... ti si to, otkako te već nisam vidjela?!

Lijepo se lice orosilo suzama, gorkim suzama...

— Ti si tako blijeda, daj mi pričaj, molim te, pričaj... Ja i Anka uvijek smo tamo. Onih gospodara više nema, jer je stara gazdarica umrla od kapi. Lijepo nam je, vlasnik je jedan dobar gospodin, sada imamo mnogo novaca...

I Marica je ispričala o svojoj nesreći, o Pavlu, o bolesti... i kako je strašno gladna.

— Tek bih jedno želila: makar kada otkupiti kuću svojih roditelja... Eto, Anka, ovaj sat su mi podmetnuli i sada sam ga našla, uzmi ga kao spomen na moj dosadanji život...

— Dođi, Marice, dođi, u gradu ne može sirota biti poštena, budi pametna i tvoja želja bit će ostvarena!...

Primila ju je ispod ruke i uvela u restaurant.

*

Lijepa je djevojka stajala za velikim prozorskim staklom, i kad bi koji bogataš upiljio požudni pogled u nju, zavjesa se nije maknula.

ZVONCE
(Legenda)

Iz tmurna neba lepršao je bijeli meki sniježak. Sva se polja zabijelila, slamnati se krovovi ogrnuli snježnim pokrivačem, a klonulo drveće s raširenim granama požudno hvatalo pahuljice vunaste i meke. I drveni se tornjić seoske crkvice zabijelio, a maleno se zvonce zanjihalo i streslo sa sebe zapuhani sniježak. Kolike li su ptičice našle u zvoniku topline, a kolike smrt!... I tada se zvonce zanjihalo i razlijeglo snježnim obroncima turobni glas. Ljudi se čudili toj zvonjavi, a neko plavo dijete reče: da to zvone nebeski anđeli...

Svijet nije zapamtio takove zime. Drveće se zamrzlo, tek je zakićeno divnim kristalnim injem. Po putovima padale su siromašne ptičice zaleđenih krila, a jadne srne i zecovi nađoše strašnu smrt u dubokom šumskom snijegu. I ono plavo dijete ostalo je bez roditelja i tumaralo bijelim putovima, a strašna snježna vijavica zakopala ga pod malenom jelom, koja ga sjećala na proljeće, na mrtvu majku... I on je poletio s ptičicama u rajske dvore... Sjedio je zatrpan snijegom, sklopljenih ručica, modar od zime. Tako ga nađoše ljudi...

... Te je večeri zvonce tužno jecalo, tužnije nego ikada. Nestalo je srebrenog mu glasa, a metalna zlaćana boja pomodrila od zime. Iste večeri rasprslo se modro anđeosko zvono... Pričalo se da je puklo u žalosti za siromašnim plavim dječakom. I ljudi zakopaše zvonce pod istu jelu pod kojom je umrlo dijete ležalo. Spavali su u jednom grobu. Koliko se puta čulo neko rajsko zvonjenje pod mladom jelom, vrh koje je ležao bijeli snijeg. Prepoznali su glas zvonca s drvenog tornjića. Plavi je anđeo zvonio s njime...

... Osvanulo je proljeće. Lastavice kruže oko zvonika i čude se: nestalo im malog prijatelja — zvonca. Novo veće zvono njiše se na tornjiću i bruji. Nema više onog nježnog srebrenog glasića... Cvijeće se šareni i miri čarobnim mirisom. Zlaćane pčele i šareni leptiri ljube ga. Djeca se igrala pod onom malenom jelom na kojoj pjevaju mali četinari prekrasnih boja. Pod njom se njišu na ovisokoj zlatnozelenoj stabljici dva prekrasna cvijeta, dva modrikastoljubičasta zvonca. Bumbar je pjevajući sjeo na jedno i svojom ga težinom prignuo drugom — i oni se zagrliše...

Jedno je dušica dječakova, a drugo je modro zvonce s crkvice. Mnogo je prohujalo godina, a plavi je cvijetak ostao "zvonce". (I danas se tako zove.) Cijelo se proljeće, ljeto i jesen, pa sve do zime leluja na lahoru...

... Ali kada dođe ljuta zima sakrije se u utrobu zemaljsku, a ljudi opet čuju tajanstveno zvonjenje modrog anđeoskog zvonca...

Printed in Great Britain
by Amazon

33518323R10071